JN244161

マーガレット・ドラブル文学を読む

リアリズム小説から実験小説へ

永松美保

九州大学出版会

まえがき

英文学史を概観してみると、近代小説を誕生させたのはS・リチャードソン（Samuel Richardson, 1689-1761）である。近代小説の一歩手前まで辿り着いていたと言われているD・デフォー（Daniel Defoe, 1660?-1731）の『ロビンソン・クルーソー』（*Robinson Crusoe*, 1719）は、冒険的活動を主に描いた作品であり、それには内面的問題――登場人物の心理描写や性格造形など――が伴っていなかったと言われている。[1] そこに内面的問題を加えたのが、リチャードソンである。しかし、彼の作品はイギリス文学史上初の小説でありながら、書簡体小説というやや特殊な形態を取っている。[2] 日常生活という平凡な状況の中に人物を設定して、その人物達の人生模様を客観的な語り手の目を通して冷静に描いたり、時にはその人物達の心の中に立ち入ってまでその人生行路での精神的葛藤を描くという現在の小説の形を確立したのは、J・オースティン（Jane Austen, 1775-1817）である。[3]

このことからも、近代イギリス小説の発展に寄与したのは一人の女流作家であり、イギリス小説の発展に女性の役割がいかに大きかったかを知ることができる。オースティンに続き、産業革命による印刷業の発展と識字率の増加や余暇の時間が増えたことによって、ヴィクトリア時代（一八三七―一九〇一）には小説は隆盛を極めることになり、多くの女流作家の出現に至っている。その第一人者には、G・エリオット（George Eliot, 1819-1880）をあげることができるし、ブロンテ姉妹（Charlotte, Emily Jane, Anne Brontë, 1816-1855, 1818-1848, 1820-1849）もそうである。続く二十世紀にもイギリスにおいて、女流作家が次々に誕生している。文学における革命を志したJ・ジョイス（James Joyce, 1882-1941）と同時代を生きた「意識の流れ」で有名なV・ウルフ（Virginia Woolf, 1882-1941）、オックスフォード大学で哲学教師を務める傍ら文学活動にも従事し、一九七八年に『海よ、海』（*The Sea, the Sea*）でブッカー賞を受賞したJ・I・マードック（Jean Iris Murdock, 1919-1999）、ローマ・カトリックに改宗し、老齢問題を多く描いたM・スパーク（Muriel Spark, 1918-2006）、二〇〇七年にノーベル文学賞を受賞し、社会問題や女性問題など多岐にわたる分野を描いたD・M・レッシング（Doris May Lessing, 1919-2013）、美術史家でもあり一九八四年に『秋のホテル』（*Hotel du Lac*）でブッカー賞を受賞したA・ブルックナー（Anita Brookner, 1928-2016）等々、それぞれの作風は異なるものの、数えあげればきりがない。

本書は、こうしたイギリスにおける女流作家の台頭を象徴し、今なお現役作家として執筆活動を行っているM・ドラブル（Margaret Drabble, 1939-）に焦点を置き、その作品の軌跡を繙いていこうというものである。ドラブルは、一九五〇年代後半から一九六〇年代前半の、欧米社会においても大学進学を試みる女性達が少なかった時代に、最高学府であるケンブリッジ大学で高等教育を受け、大学では女性であるがゆえの辛酸を嘗めるという経験もしている。そうした彼女の著作を通して、少しでも現代イギリス事情に触れ、親しみと共感、若しくは、反発を覚えて頂きたい。それと同時に、彼女の生きた時代思潮の変化と共に、彼女の作品が徐々に難化していく作風の変化の軌跡をも読み取って頂ければ幸いである。

注

（1）平井正穂・海老地俊治、『イギリス文学史』、明治書院、一九八一年、一二七頁参照。
（2）川崎寿彦、『イギリス文学史入門』、研究社、二〇〇五年、八七―八八頁参照。
（3）川口喬一、『イギリス小説入門』、研究社、二〇〇三年、五四頁参照。

目次

序章　作家マーガレット・ドラブル、及び、本書の背景

　第二次世界大戦が勃発した年である一九三九年に生まれたマーガレット・ドラブル（Margaret Drabble）は、戦争を身近に感じながら成長したことと思う。彼女は、二十世紀の終わりに、自らの母親を題材にした作品『ペッパード・モス』（*The Peppered Moth*, 2000）を刊行しているが、その作品でも戦争に出征した実父のことに触れて、フィクションの人物であるその娘クリッシー（Chrissie）が、長期におよぶ父親不在の状況下で寂しい幼少期を過ごしたと自らの経験を彼女に投影している。第二次世界大戦は一九四五年に終結したが、戦勝国の一員であった当時六歳のドラブルは戦争の爪痕が残るイギリス社会で空腹に耐えながら成長していったことと思われる。

　ドラブルがケンブリッジ大学ニューナム・カレッジ（Newnham College）を卒業した一九六〇年代初頭は、彼女の母親キャサリン・マリー・ブルア（Kathleen Marie Bloor, ?-1984）が血のにじむような努力でもって優等学位を目指してケンブリッジ大学で学問に励んでいた頃に比べると、女子学生に対する大学の風当たりは幾分和らいでいたであろう。(1) また、ドラブルの姉A・S・バイアット（Antonia Susan Byatt, 1938-）もケンブリッジ大学に進学していることから、母親が置かれていた状況とは異なって、両親はドラブルが学問を追求することに理解を示していたと思われる。しかしながら、彼女の青春期はまだ「女であること」に対する社会の風当たりは強い時代

G. エリオット
(George Eliot, 1819-1880)

J. オースティン
(Jane Austen, 1775-1817)

であったと想像ができる。

ドラブルは母親、姉バイアットと同じくケンブリッジ大学で英文学を専攻し、様々な部門で主席となるほど優秀な学生であった。当時、『偉大なる伝統』(*The Great Tradition*, 1948)の著者F・R・リーヴィス(Frank Raymond Leavis, 1895-1978)の影響が色濃いケンブリッジ大学ニューナム・カレッジで学んだドラブルの初期の作品が、J・オースティン(Jane Austen, 1775-1817)やG・エリオット(George Eliot, 1819-1880)らからの流れを受け継いだ倫理意識を重視した作品が中心であったのも、[2] 彼女らを意識して自らの作家としてのスタンスをドラブルが保とうとしていたのも、ある意味当然であろう。

秀でた才能を持ち、当時の主流であったイギリスの伝統小説を意識する指導を受けながらも、若かった彼女が女性に対する社会の不平等という現実の前で押しつぶされた母親の学者としての夢の非実現をどれだけ意識していたかは分からないが、ドラブルは大学院に進学して学者になるという道は歩まずに、大学卒業後すぐに、ロイヤル・シェイクスピア劇団の劇団員と結婚をし、主婦になるという人生を選択している。

若くして主婦になったドラブルは、劇団員の夫についてストラトフォード・アポン・エイヴォン（Stratford-upon-Avon）に移り住み、主婦業の合間に小説を執筆するようになる。そして、第二波女性解放運動が活発になりつつあった一九六〇年代に、未婚の母親を題材にした第三作目の『碾臼』（*The Millstone*, 1965）を発表し、本作は大ヒットとなった。その後も彼女は若い女性の自己確立の過程をテーマとする作品を執筆し続け、作家としての地位を不動のものとした。作家として歩み始めたドラブルは、リーヴィスから学んだ教えを忠実に守り、自らがイギリスの伝統小説の流れを汲むことを自負し、一九二〇年代に流行した実験小説に対して否定的見解を表している。そして、初期の作品では若き中産階級の女性主人公達が社会の荒波の中で紆余曲折を経て自己確立に至る姿や、その過程での精神的葛藤や親子の確執などを中心に描いている。こうした若き女性を主人公としたリアリズム小説を得意としていたドラブルであるが、作家としての成長と共に作風に徐々に変化が見られるようになる。

作家として世に出た一九六〇年代にドラブルは五作品を刊行し、若干の相違はあるものの、何れの作品においても当時の彼女と同年齢の若き女性を主人公にしている。そうした主人公設定のあり方、家族間の確執、若い女性の自己確立などといった幾つかのお決まりのテーマの作品ゆえに、ドラブルは女性を主人公にして日常性に立脚した比較的平易な作品を描く作家というイメージで捉えられていた。しかしながら、一九七〇年代の作品になると、彼女は男性を中心人物として登場させたり、社会をより意識した作品を描くようになり、その作品の広がりは確実に感じられる。そして、一九八〇年代前半の作品においては、彼女自身が創作の原点と考えていた「偉大なる伝統」から距離感を示唆するような作品を発表し、世紀を跨ぐ頃には、初期の作品の平易さからは想像ができないような難解な作品を刊行している。ドラブルは実験小説に抵抗感を表すような言葉を述べながらも、実際には一九六〇年代後半の作品で創作上の技法を多少用いたりはしていた。だが、それは彼女の作風の変化を明確に示すものではなかったと思われる。

本書では、イギリス小説の伝統を受け継ぎリアリズム小説を描いてきたドラブルの初期の作品、そして、作家としての成長、或いは、作風の変化を表していると思える作品を時系列に沿って選択し、作品分析を行っていく。そうすることで、創作活動初期の彼女の作風が近年の作品になるとどのように変化しているのかを探ることができ、ドラブル文学の変遷を段階的に追っていくことができると思っている。取り扱う作品は、初期の作品ではデビュー作である『夏の鳥かご』（*A Summer Bird-Cage*, 1963）と『碾臼』である。選択の理由としては、『夏の鳥かご』はデビュー作であるので、作家としての方向性や拙さが一番明白である。『碾臼』はドラブルを一躍有名にした作品であり、やはり代表作であるので、これら二作から当時のドラブルの作家としてのスタンスを探っていけると考えるからである。次に、やはり初期の作品に位置付けられてはいるものの、第五作目の『滝』（*The Waterfall*, 1969）の作品分析を行う。『滝』は一九六〇年代の作品ではあるが、前四作とは趣が異なって、ドラブルが初めて語りの人称変化というある種の創作技法を用いた作品であるので、彼女の作風の変化を探っていくには避けて通ることができない作品である。それから、年代的には『滝』の直後に位置づけられる作品『針の眼』（*The Needle's Eye*, 1972）の作品分析を行っていく。一九六〇年代の全作品で、ドラブルは中産階級の知識人女性を主人公として採用し、中産階級の世界のみを描いていたのに対して、『針の眼』で初めて労働者階級の男性を主人公に極めて近い存在として登場させ、労働者階級の世界を描いている。そこに、筆者は日常性に立脚した作品を得意としていたドラブルのテーマの広がりと社会性を認めることができると思っている。

一九八〇年代とその直前には、ドラブルは『風景のイギリス文学』（*A Writer's Britain: Landscape in Literature*, 1979）や *The Oxford Companion to English Literature*（Fifth Edition, 1985）などを刊行・編纂し、英文学研究者として活躍した。したがって、一九七二年の『針の眼』から少し年代は開くことになるが、次は二〇〇〇年刊行の

『ペッパード・モス』を研究対象とする。『ペッパード・モス』では、当初、ドラブルは自らの母親を題材にして母親を中心とした家族の肖像を描こうとしていたが、出来上がった作品はドキュメンタリーとフィクション部分がおおよそ同比重を占めるものである。ドキュメンタリーとフィクションを同比重で重ね合わせた作品をドラブルが執筆したのはこれが初めてであるので、ここに彼女の創作技法に対する何らかの思いがあるのではないかと考えられる。そして、作品分析の最後には『七人姉妹』(*The Seven Sisters*, 2002) を取り上げる。『七人姉妹』は、そのテーマとしては一人の中年女性の離婚前後の心理と生活を描いたものであり、一九六〇年代のドラブルのヒロイン達が年齢を重ねただけの「女性の小説[3]」の範囲にとどまっている。表面的にはこうした解釈が可能であるが、この作品を際立たせているのは、ストーリーそのものではなく、ここでドラブルが用いた語りの技法である。この作品と一九六〇年代初頭のドラブルの作品を比較してみると、テーマに類似性はあるものの、創作手法が大いに異なっていることが分かる。技法上の発展を分析するのに、『七人姉妹』は格好の作品と思われる。

姉バイアットも指摘するように、ドラブルは作品のテーマの選び方があまりにも身近なものであったため、日常性に立脚した平易な作品を描く作家として捉えられていたが、近年の彼女の作品はそうしたイメージを覆すものになっている。彼女に作風の変化をもたらすことになった理由は、幾つか考えられる。第一に、時代思潮の変化が大きな影響を与えていることは間違いない。筆者との対談でそうした変化についてドラブル自身が、若干、語っているので、本書でそのことを明らかにしたい。第二には、ドラブル自身が *The Oxford Companion to English Literature* (Fifth Edition) の改訂版編纂作業に関わったことである[4]。イギリス文学についての通史的な研究と現代イギリス文学への批評的アプローチが彼女の創作技法に大きな変化を与えているのである。これらのことを念頭に置いて、本書では彼女のそれぞれの作品分析を行い、作風の変化、作家の精神的成長を跡付けていく。その意味で、本書はマーガレット・ドラブルという作家個人の創作世界を明らかにすると同時に、第二次世界大戦後のイギリス文学の動向と発展の軌跡を探査することに繋がっていくであろう。

注

（1）B・サルツマン・ブルナー（Brigitte Salzmann-Brunner）は、一九六〇年代のケンブリッジ大学での女子学生を取り巻く状況は一九六〇年代のハーバード大学でのそれと変わらないものがあり、女子学生に対して厳しい現状があったことをM・アトウッド（Margaret Atwood, 1939-）の苛酷な経験を引用して指摘している。Cf. Brigitte Salzmann-Brunner, *Amanuenses to the Present: Protagonists in the Fiction of Penelope Mortimer, Margaret Drabble, and Fay Weldon* (Berne: Peter Lang, 1988) 84. また、岡山勇一・戸澤健次は二十一世紀を目前とした一九九〇年代においてですら世界のトップレベルの大学であるケンブリッジ大学で、教職員、学生に拘らず女性差別の実態があったことを『サッチャーの遺産―一九九〇年代の英国に何が起こっていたのか―』、晃洋書房、二〇〇一年、一六四―一六七頁で指摘している。

（2）川口喬一、『イギリス小説入門』、研究社、二〇〇三年、一四四頁参照。

（3）Ellen Cronan Rose, *The Novels of Margaret Drabble: Equivocal Figures* (London and Basingstoke: Macmillan, 1989) 49.

（4）川本静子、「現代イギリス小説と伝統―マーガレット・ドラブル来日公演―」、『英語青年』、一三六巻三号、研究社、一九九〇年六月、一二八頁参照。

第一章　作品の背景

一・一　マーガレット・ドラブルの伝記的背景

一九三九年、ドラブルはイングランド北部の鉄鋼業の町シェフィールド（Sheffield）で、法律家の父親と教育者の母親との間に誕生した。前述したが、ブッカー賞受賞作家であるバイアットは彼女の姉である。他にも美術史家の妹と兄弟が一人いる。彼女は、メソディストの家庭で養育され、母親が勤務するクエーカー教徒の寄宿学校であるヨークのグラマー・スクールに進学している。こうしたことを鑑みても、彼女は厳格な家庭環境で成長したことが分かる。ドラブルはグラマー・スクールを卒業後、母と姉同様に、ケンブリッジ大学に進学して、そこで英文学を専攻している。半ば家族史的な作品『ペッパード・モス』によると、ドラブルの父親は自営業者の息子で、商売人には高等教育は不要だと考える父親のもとで育っている。母親も裕福な家庭の出身ではなく、時代も関係しているのであろうが、教育に無関心な母親のもとで、自らの努力で奨学金を得て大学進学を可能としている。ドラブルの両親は、学問を遂行することに好意的ではない家庭環境で成長している。だが、ドラブル自身は勤勉で有能な両親を持った中産階級の家庭に生まれ、彼女の両親が置かれた、大学進学に理解が乏しい家庭環境とは正反対の家庭環境で育っている。彼女が才能を開花できるような高等教育を受けた知識人の両親のもとに誕生し、ドラブルは学問面においては家庭環境に恵まれていたのである。しかしながら、イングランド中産階級の家庭に生まれ育った彼女は、やはりその階級に特有の家族関係の希薄さに悩み、家族愛に飢えていたようである。

以下は、B・ミルトン（Barbara Milton）のインタビューに応えて、ドラブルが自らの姉妹関係を語った言葉である。

> 幼かった頃、私はかなり孤独な子供でした。（中略）文章を書いたり、本を読んだり、ただ黙って、一人で多くの時間を過ごしたものでした。姉は、私にあまり優しくありませんでした――私の姉は。（中略）姉は、私たちが小さかった時は私とたくさん遊んだものでした……（中略）私は姉が私と遊び続けてくれることを期待しましたが、勿論、姉は大きくなり、私が周りにいることを好みませんでした。そのことで私はとても悲しくなり、いつも姉に疎外され、拒否されていたと感じました。(1)

ドラブルが吐露しているのは、姉バイアットとの寂しい姉妹関係であるが、イングランド中産階級のこうした家族関係は何もドラブルの家庭が特別ではない。ドラブルは特に姉との関係があまり良くなかったようで、成人してからもバイアットは作家としてのドラブルのテーマの狭さや、作品が身近すぎることを批判したりしている。(2)

また、姉妹の母親は「自分は常に人生に報われていない」との思いを抱いており、そうした人生に対する後ろ向きの思いが高じて神経症を患ったり、自己中心的性質を強くし、病に伏せる彼女に献身的であった夫との関係も徐々に悪化させている。こうした家庭環境が、ドラブルに何度も家族間の確執を描かせるきっかけになったとものと思われる。

一・二　作家としてのマーガレット・ドラブル

現在までに刊行されているドラブルの小説（短編は除く）は、以下の通りである。

1 *A Summer Bird-Cage* 1963（邦訳『夏の鳥かご』井内雄四郎訳、新潮社、一九七三）
2 *The Garrick Year* 1964（邦訳『季節のない愛』井内雄四郎訳、サンリオ、一九八一）
3 *The Millstone* 1965（邦訳『碾臼』小野寺健訳、河出書房新社、一九七一）
4 *Jerusalem the Golden* 1967（邦訳『黄金のイェルサレム』小野寺健訳、河出書房新社、一九七四）
5 *The Waterfall* 1969（邦訳『滝』鈴木健三訳、晶文社、一九七四）
6 *The Needle's Eye* 1972（邦訳『針の眼』伊藤礼訳、新潮社、一九八八）
7 *The Realms of Gold* 1975（邦訳『黄金の王国』浅沼昭子・大谷真理子訳、サンリオ、一九八〇）
8 *The Ice Age* 1977（邦訳『氷河時代』齋藤数衛訳、早川書房、一九七九）
9 *The Middle Ground* 1980
10 *The Radiant Way* 1987
11 *A Natural Curiosity* 1989
12 *The Gates of Ivory* 1991
13 *The Witch of Exmoor* 1996
14 *The Peppered Moth* 2000

15 *The Seven Sisters* 2002
16 *The Red Queen* 2004
17 *The Sea Lady* 2006
18 *The Pure Gold Baby* 2013
19 *The Dark Flood Rises* 2016（邦訳『昏い水』武藤浩史訳、新潮社、二〇一八）

前記以外にも、ドラブルは文学評論、短編小説などを多数刊行している。そして、以下の著作『ワーズワース』(*Wordsworth*, 1966)、『アーノルド・ベネット』(*Arnold Bennett*, 1974)、『トーマス・ハーディの真髄』(*The Genius of Thomas Hardy*, ed. by Margaret Drabble, 1976)、『風景のイギリス文学』、*The Oxford Companion to English Literature* (Fifth Edition), ed. by Margaret Drabble などは、英文学研究者としてのドラブルの地位を不動のものにしている。

一九六三年に処女作『夏の鳥かご』を上梓したドラブルは、当時、二十四歳という若さであった。前述したが、ドラブルはリーヴィスの影響が色濃い時代にケンブリッジ大学ニューナム・カレッジで英文学を学んだので、彼女の初期の作品が、オースティンやエリオットらの流れを継いで倫理意識を基底とした風俗小説が中心であったのは当然であろう。大学卒業後、すぐに結婚をしたドラブルは主婦業の傍ら文筆業に勤しみ、作家として世に出た頃には、自らがイギリス小説の「伝統派」であることを自認していた。以下は、リーヴィスの自らの作品への影響を問われた時のドラブルの返答である。

> 私はリーヴィスを非常に賞賛しています。（中略）偉大なる伝統は、私が小説家として信じていることです。つまり、リーヴィスの関心事は、私の関心事なのです。私は、大いにモラリストであるか、自らがそうだろうと思っています。
>
> 実験小説は、私にはとても不適切に思えます。

私は故意に混乱させる本は嫌いです。明快であることを目ざしています。(3)

ドラブルは、公に自らがリーヴィスの教えの継承者であると自認すると共に、実験小説は自らの作風ではないと語っている。一九二〇年代に一世を風靡したJ・ジョイス（James Joyce, 1882-1941）やV・ウルフ（Virginia Woolf, 1882-1941）らの描く実験小説が難解で、一部の知識階級にしか訴えなかったことを後に生きる者の宿命として意識していたドラブルは、創作活動の初期において、実験小説を消極的に捉える言葉を発し、自らの創作目標を単純にして「明快」だと述べている。こうしたドラブルの言葉が示唆するように、彼女の初期の作品、即ち、一九六〇年代の作品は、倫理意識が根底に流れた日常性に立脚したテーマのものが全てで、読者にも分かりやすいものである。そして、第四作目の『黄金のイェルサレム』（*Jerusalem the Golden*, 1967）の女性主人公を除いては、主人公達は当時のドラブルとほぼ同年齢であり、且つ、同階級である中産階級の女性達に限られている。また、作品の背景は異なるものの、各作品は若い女性主人公達が如何に自らの人生を構築していくかという一種の「ビ

J. ジョイス
(James Joyce, 1882-1941)

V. ウルフ
(Virginia Woolf, 1882-1941)

ルドゥングスロマン」の形態を取ったものが中心である。

一九六〇年代の作品では、新進気鋭の女性作家であったドラブルは主に女性的テーマを追い求めていたが、一九七〇年代の作品になると、彼女は男性主人公や労働者階級の人物を登場させ社会を意識した作品に深く踏み込み、テーマの選び方に幅が出てきている。一九八〇年代から一九九〇年代にかけては、英文学研究者としての仕事を積極的に行うと共に、『輝ける道』（*The Radiant Way*, 1987）に始まる三部作を執筆している。二十世紀末から二十一世紀に入ってからは、彼女は自らの母親をモデルにした半家族史的作品を上梓したり、十八世紀と現在の韓国を舞台にした作品を刊行したり、一九六〇年代のドラブルの作品からは想像ができないような難解な作品も執筆している。先に引用したドラブルの作家としての創作目標からは、大きく離れた作品を執筆するようになったわけである。しかしながら、近年、ドラブルが実験小説にきわめて近い難解な作品を手掛けるようになる萌芽は、一見若き作家の平易な作品と捉えられていた彼女の一九六〇年代最後の作品『滝』においてすでに見受けられる。

ドラブルの作品には、幾つかのお決まりのテーマがある。親子・兄弟姉妹の確執、運命と自由意志、社会における女性特有の人生選択上の困難、社会の不平等、愛の不毛等々である。その中で、親子の確執に関しては、中産階級出身の彼女がイングランド中産階級特有の一種冷淡な親子関係を憂慮しているからか[4]、或いは、彼女自身の複雑な家族関係が背景にあるからか[5]、様々な作品で繰り返し扱っている。また、一九六〇年代の作品では、個々の背景は異なるものの若く知的なイギリス女性達の自己確立の過程を繰り返し描き、比較的狭いテーマでの作品に偏っていた彼女が、作家としてのキャリアを重ねることで社会を意識した、より大きなテーマの作品も手掛けるようになってきている。

一・三　日本での受容

第二波女性解放運動が活発化する直前に執筆された第三作目の『碾臼』は、一見女性は男性に頼らずとも生きていけるという女性の自立を描いた作品に見えるため、当時の欧米社会の女性を取り巻く社会的風潮と相まって大ヒットとなり、[6]ドラブルはこの作品で一躍有名になる。日本でも、一九七一年に小野寺健が *The Millstone* を『碾臼』として翻訳出版すると、未婚の母親をテーマにした作品だとして週刊誌上を賑わしたりもした。[7]欧米社会に遅れながらも、日本でも女性の権利拡張と自立が社会で主張され始めていた頃で、そうした日本社会の風潮にこの作品が合致したのである。商業ベースである週刊誌が、この作品を未婚の母親をテーマにした作品として短絡的に扱うのはある意味致し方ないことであろうが、この作品のテーマはもっと深いところにあると思われる。しかしながら、幸か不幸か、ドラブルは週刊誌のこうした作品紹介で、日本でも一部の読者層に知れ渡ることになるのである。そして、当時は、日本の大学において英文学科が全盛期であり、『碾臼』は若い高学歴女性の自己確立の過程を描いた作品であることから、英文学科を有する女子大を中心に講義で取り上げられるようになる。その結果、一九八〇年には関西の五つの女子大学（大谷女子大学、甲南女子大学、神戸女学院大学、帝塚山学院大学、武庫川女子大学）と英国文化センターが協力してドラブルを日本に招聘することに成功し、ドラブルは日本で『碾臼』などの作品を中心に講演を行っている。当時のドラブル来日の様子は、朝日新聞（一九八〇年十一月十八日付）でも取り上げられているのである。

『碾臼』で一躍有名になったドラブルはその後も次々に作品を刊行した。彼女の一九六〇年代、及び、一九七〇年代の作品は小野寺健や井内雄四郎を中心とした研究者達によって翻訳され、ドラブルは『碾臼』以後も日本で一定の人気と知名度を有している。その結果、初来日から一〇年後の一九九〇年にも、再度、ドラブルは津田塾会の招聘で来日している。その時、彼女は「現代イギリス小説における英国性」というテーマで講演を行ったり、ドラブル同様、結婚、出産、離婚を経験した作家の津島佑子（一九四七-二〇一六、太宰治の次女）と、家族を抱えながらのキャリア追求の苦労をテーマに対談をしている。(8) その講演内容は研究社から『Margaret Drabble in Tokyo—マーガレット・ドラブル東京講演—』（一九九一）というタイトルで出版されている。

ドラブルの作品に限定した研究書は、日本では小西永倫の『ささやかな実存—マーガレット・ドラブル研究』（一九八一）のみである。小西はその書にドラブルの中期くらいまでの作品に関する論考を掲載している。須賀有加子も著書『岩と渦の間—イギリス小説にみる逸脱の女性像』（一九九〇）で、ドラブルの一九六〇年代のヒロイン達を分析している。他にもドラブル文学をその著書で扱っている日本人研究者は存在している。近年では、榎本義子が日英女性作家とその作品を比較研究して『女の東と西—日英女性作家の比較研究』（二〇〇三）を刊行し、風間末起子は一九六〇年代と一九八〇年代のドラブルのヒロイン達を分析して『フェミニズムとヒロインの変遷—ブロンテ、ハーディ、ドラブルを中心に』（二〇一二）を刊行している。どちらもフェミニズム色が強く、日本でのドラブル文学研究はフェミニズム的視点からの研究が多くを占めているのが現状だと思われる。

以上述べたように、ドラブルは日本でその作品が一部の読者層に知れ渡り、幾つかの女子大などの招聘で二度に亘って来日し、講演を行っている。現在、日本でドラブル文学を研究する学会の誕生にはまだ至っていないが、彼女の作品は男性研究者も含めて現代イギリス小説を研究する者には地道に読み続けられ、彼女の仕事ぶりは作家としても英文学研究者としても日本で広く知られているのである。

注

（1）Barbara Milton, "Margaret Drabble: The Art of Fiction LXX," *The Paris Review* 74 (1978): 53-54. 尚、日本語訳は拙訳である。

（2）バイアットは、ドラブルの小説は余りにも露骨に現実からテーマを取りすぎていると、自身の小説『ゲーム』(*The Game*, 1967) のなかでやんわりと批判（第六章）したり、半ば家族史的作品である『ペッパード・モス』はあまりにも母親の描き方が辛辣だとして、好意的に受け止めていない。Cf. Nora Foster Stovel, "Margaret Drabble: *The Peppered Moth*," *The International Fiction Review*, 19 Aug. 2012 <http://journals.lib.unb.ca/index.php/IFR/article/view/7760/8817>.

（3）Peter Firchow, ed., "Margaret Drabble," *The Writer's Place: Interviews on the Literary Situation in Contemporary Britain* (Minneapolis: University of Minnesota Press, 1974) 105, 112, 117. 尚、日本語訳は拙訳である。

（4）イングランド中産階級の家族関係について、ドラブルはかつては冷淡だった家族関係が、現在は、特に若い人達の間で随分柔軟性が見られるようになってきたと述べ、中産階級の家族関係に変化が見られることを指摘している。Cf. Diana Cooper-Clark, "Margaret Drabble: Cautious Feminist," *Critical Essays on Margaret Drabble*, ed. Ellen Cronan Rose (Boston: G. K. Hall &Co., 1985) 28.

（5）Cf. Miho Nagamatsu, "Changes in Writing Methods and Points of View: A Conversation with Margaret Drabble," *Bulletin of Kyushu Women's University* 49.1 (2012): 231.

（6）当時のイギリス女性学を代表する者に、J・ミッチェル (Juliet Mitchell, 1940-) が存在する。ニュージーランド生まれの、ドラブルと同年代の彼女は、一九四四年にイングランドに移り、オックスフォード大学でドラブル同様に英文学を専攻し、一九六〇年代にリーズ大学やレディング大学でイギリス文学を教えている。彼女は、精神分析学者でもある。日本では、『精神分析と女の解放』（上田昊訳、合同出版、一九七七年）の著者として知られている。

（7）Cf. Hisayasu Hirukawa, *Margaret Drabble, The Millstone: Annotated with an Introduction by Hisayasu Hirukawa*, ed. Rikutaro Fukuda (Tokyo: Eichosha, 1980) 5.

（8）川本静子によると、津田塾会の日本へのドラブル招聘に際して、日本でのスケジュールの中に日本人女流作家との対談を組み込む予定であることを彼女に告げると、女性の社会進出に関心を持つ彼女は大いに興味を示し喜んだそうである。川本静子、「現代イギリス小説と伝統—マーガレット・ドラブル来日公演—」、『英語青年』、一三六巻三号、研究社、一九九〇年六月、一二六頁参照。

第二章　『夏の鳥かご』（*A Summer Bird-Cage*, 1963）
――一九六〇年代を生きるイギリス女性達の社会的困難――

はじめに

『夏の鳥かご』は、ドラブルの処女作である。一九六三年刊行のこの作品を執筆当時、ドラブルは大学を卒業し、結婚生活に踏み出した頃である。また、社会情勢に関して言えば、第二次世界大戦（一九三九―一九四五）の爪痕から世の中が復興し、社会全体がようやく落ち着きを取り戻すと共に、第二波女性解放運動が欧米で活発になる直前であった。第二波女性解放運動が盛んになるということ自体が、イギリス社会において、ヴィクトリア時代（一八三七―一九〇一）の「家庭の天使」というイメージがなおも残存し、家父長制が残っていたことを意味しており、社会生活上女性には様々な制約があったことを示唆している。そうした社会情勢下で、ドラブルは『夏の鳥かご』を執筆しているのである。

『夏の鳥かご』では、オックスフォード大学を卒業したばかりの知性豊かなセアラ・ベネット（Sarah Bennett）とその姉ルイーズ（Louise）が、学士の学位を取得しながらも自らの人生にその学位を活かすことができずに進むべき道を模索している様子が描かれている。ルイーズは自らのジェンダーがもたらす社会的困難を結婚という選択で乗り越えようとするが、現実は彼女が望むようには容易に進まない。セアラは姉の結婚に羨望の眼差しを向けながらも、姉のようにキャリアを諦めてしまうことができず、結婚とキャリアの間で揺れ動きながら、自らの人生の方向性を探る。セアラとルイーズだけではない。『夏の鳥かご』では、彼女らと同様に、当時は女性には敷居が高かったオックスブリッジを卒業した若きインテリ女性達が[1]、大学卒業後、幸福を求めて自らの生きる道を模索している。

M・V・リビー(Marion Vlastos Libby)は、『夏の鳥かご』が主に若い女性の結婚と就業というありきたりのテーマの作品であるためか、「ドラブルの最初の最もおもしろくない小説[2]」と作品を揶揄している。しかしながら、当時、二十四歳の知性溢れるドラブルやその周辺に生きる女性達にとっては、結婚とキャリアは最大の関心事であり、しかも時代的に女性を巡る就業状況には現在以上に多くの困難が伴っていたことは事実である。それゆえ、日常性に立脚した平易な作品を書くことを意図していた若きドラブルが処女作でこうしたテーマを選んだことは、自然なことと思える。更には、東洋社会よりも女性の社会的地位が比較的高かった西洋社会の一国であるイギリスにおいてですら、女性が一人で生きていくことが社会生活上困難であったからこそ、ドラブルに先だって、オースティンはふさわしい夫を求めるテーマの作品を何冊も執筆していたのである。だが、リビーの指摘を念頭に置いてこの作品を捉えてみると、『夏の鳥かご』は女性に関するテーマに偏っており、一部の層の者を除いては退屈な作品であるという感は否めないであろう。

多くの者は、幸福な人生を送りたいと思っている。『夏の鳥かご』でも、多くの若き高学歴女性達は、社会の入り口で幸福な人生を模索している。しかしながら、本作品では女性達の多くは、彼女達が願う幸福とは程遠い状況にある。大学卒業後、すぐに結婚をして子供に恵まれたドラブルは、『夏の鳥かご』に登場する高学歴女性達の様々な意味での苦悩から解放されている。だが、この作品では当時の大卒女性達の結婚とキャリアの間で揺れ動く心理に対するドラブル自身の思いが反映されていると思われる。本章では、第二次世界大戦の傷跡から世の中が漸く復興し、新しい時代であったはずの一九六〇年代も、イギリス女性達にとって生きやすい時代ではなかったことを作品から読み取っていきたい。

二・一　姉ルイーズの結婚へのセアラの思い

『夏の鳥かご』は、セアラが姉ルイーズの差し迫った結婚の様子を語るところから始まる。先ず、物語の冒頭で語られる、ルイーズの結婚に対するセアラの思いを考察してみることとする。

物語が始まる前にすでにオックスフォード大学を卒業しているセアラは、卒業後二か月余り、パリでフランス人の少女に英語を教えているが、ルイーズの結婚を契機に、急遽イギリスに戻ることになる。当時の大卒女性は、その大学進学率の低さを鑑みると、かなりの知識人であることが分かるが、セアラは取得した学位を職業に繋げることなく、「暇な時間を埋めるため」(p.7)[3]にフランスで英語の個人レッスンに従事したり、帰国後は、BBCでの単純なファイル整理の仕事に携わっているのである。ドラブル自身が指摘するように、一九六〇年代のオックスフォード大学における女子学生を取り巻く学問上の環境にはかなり厳しいものがあったと想像ができる[4]。そうした厳しさの中、セアラは勤勉さで取得した自らの学位を「素晴らしく、輝かしい、無益な新しい学位」と言い、肯定と否定の両面で学位を捉えている。女性にとって厳しい現実の中で学位取得ができたことで、「素晴らしく、輝かしい」と形容し、その学位が職業に繋がらない現実に「無益」と表現しているのである。しかしながら、大卒女性の自尊心から、ルイーズの結婚によってパリでの無為な日々にピリオドが打てたことに、セアラは「安堵の溜息」をついている。と同時に、「真剣になりたかった」(p.8) と述べている。大卒女性として、自らの現状を鑑みての言葉である。

大学卒業後、自らの進むべき道を見出せず刹那的に生きているセアラは、同じようにオックスフォード大学を卒業後二年間、正規就業をせず刹那的に生きてきたルイーズの結婚を以下のように捉えている。

もし女性が過度に教養があり、しかも職業観を欠いているなら、女性に何ができるかについて私は考えてみた。勿論、ルイーズは、一つの答えを出していた。彼女は、結婚しようとしていた。更に、彼女はとても裕福な、(中略) 著名な男性と結婚しようとしていた。(p.8)

セアラは学士の学位を職業に繋げることができずに逡巡しているが、ルイーズは就業という選択の代わりに当時の社会が是認する結婚という選択をすることで、セアラの苦悩を克服しようとしている。しかも、ルイーズは知性と人並みならぬ美貌を備え、出身階級に汚点を落とさないような裕福で階級も高い作家を結婚相手に選択しているのである。男女間に労働賃金格差が存在していた当時、[5] セアラは裕福で見栄えの良い男性をパートナーに選択できたルイーズの人生選択を羨ましいと一見、感じているように思われる。以下は、ルイーズの選択に対するセアラの言葉である。

ルイーズ、ルイーズ、(中略) ルイーズ、私に勝利の方法を教えて、負かされないことを教えて、(中略) 成功の仕方を教えて。(p.25)

前記引用が示唆するように、ルイーズの結婚、即ち、彼女の人生選択に対して、セアラは表面的には羨望を表している。しかしながら、家族が相手の噂を聞く間もなく慌ただしく決まった結婚式に一週間も着用している汚れた下着のまま臨むルイーズ、そして、式で夫スティーブン（Stephen）の付き添い役を務めるジョン（John）を自らが下着姿でいる控室に招き入れるルイーズに、セアラは何かしら違和感を覚えているのは確かである。

ルイーズ同様、セアラにも結婚話が存在していないわけではない。彼女には、フランシス（Francis）という研究者のボーイフレンドがいるが、セアラは彼との結婚に飛びつくことはなく、彼にアメリカ留学を薦めて「結婚の問題」（p.74）を先送りにしている。勝利を収めたようなルイーズの結婚を羨む一方で、セアラは人生の当てもなく彷徨う日々に終止符を打つであろうフランシスとの結婚を先送りにする選択を彼に薦めている。ここで、そうした選択をするセアラの心情を考察してみる。

アメリカ留学をフランシスに薦めるセアラの行動は、一見、彼女がフランシスとの結婚を望んでいない、或いは、本心では彼に愛を感じていないことを表しているようにも思える。しかしながら、セアラは「実際、私は、フランシスと結婚するだろうと思う。私は、常にそのように思ってきた。私が他の誰かを愛することができるということはあり得ない」（p.74）と述べて、フランシスへの愛には迷いはないようである。

セアラは自らの学位を職業に繋げられずに悶々と生きており、そうした苦悩を解決しているように見えるルイーズを羨んでいるようでもある。だが、セアラはルイーズとは異なって、結婚という選択で自らの就業に関する逡巡を克服できるタイプの女性ではないのである。「女性が、結婚することで自己の存在を正当化する日々は終わった」（p.74）という意識を持つ知識人セアラが求めているものは、結婚によって家庭婦人に収まる生き方だけではなく、苦労して取得した自らの学位を活用するキャリア追求の場をもである。

フランシスの研究者仲間達と昼食を共にした時のセアラの感慨を引用する。

素晴らしい昼食だったわ。でも、私を妙に時代遅れに感じさせ、私も学位を取ったのよ、彼らのどれとも同じくらい立派な学位をとみんなに言いたい衝動を感じた。（中略）ラベル（Lovell）はとても優しく、とても友好的で、とても自分のことで満ち溢れ、フランシスに関して健全で、無防備な質問をし、自分の論文について私に話し続けたので、私は幸せに感じるべきだった。でも、私はそう感じなかった。私は私以外の全ての人は、素晴らしい、建設的な人生を送っているかのように、そして、私は微妙に置いてきぼりにされたと感じた。(p.110)

前記引用からも、セアラは自らの混沌とした現状――大卒の学位を活かして生きていない現状――を顧みて、フランシスの男性研究者仲間が生き生きと学究生活に打ち込んでいる姿に、人生の目標もなくただ彷徨っている自らの現状を強く意識させられ、会食も楽しめていないことが分かる。こうしたセアラの落胆からも、セアラが求めているのは、ルイーズのように家庭婦人に収まる人生だけではないことが読み取れる。即ち、セアラは一九六〇年代を生きるイギリス女性達にはまだまだ困難であった「全て」(p.60)――結婚とキャリア――を欲しいと願っているのである。

二・二　既婚女性達の不幸

「全て」(p.60) を手にしたいセアラなのに、彼女はその「全て」の一つである、手を伸ばせば届く結婚へと何故か人生の駒を進めない。一九六〇年代は、現在よりはるかに女性の就業は困難であり、経済的自立ができるイギリス女性の数はかなり少なかったことは明らかである。それでも、セアラがフランシスとの結婚を一歩退いて捉えるには、彼女なりの理由が存在するはずである。セアラの周辺の女性達の結婚事情から、彼女のこうした心情を考えてみる。

セアラにとって最も身近な既婚女性の例は、自らの母親である。ベネット夫人（Mrs Bennett）は、始終、日々の暮らしの小言を言い、高等教育を授けた娘達の独立を不快に思いながらも、長年、専業主婦として夫の庇護の下で生きてきたため、経済的自立ができず、退屈な結婚生活を続けるしかできない女性である。母親の人生を見てきたセアラには、結婚が魅力的なものとは思えない。

二番目の既婚女性の例として、セアラのオックスフォード大学時代の友人で、母親の反対に屈することなく経済力の乏しい男性と愛ゆえの結婚をしたジル（Gill）が存在する。ジルは、夫トニー（Tony）との経済的な言い争い、中絶、別居といった一連の不幸な結婚生活を経験し、別居した現在もその傷から立ち直ることができない。以下は、あるパーティで幸福の絶頂にいる妊娠中の友人ステファニー（Stephanie）や、別の女性と楽しそうにしているジルのかつての夫トニーに出会った時の、セアラのジルへの思いである。

私はステファニーに祝辞を述べながら、ジルのことを思って突然の痛みを覚えた。その涙とテレピン油、おぞましい手術に、（中略）トニーが黄色のフリルのついたドレスを着た女の子をその胸に引き寄せている間、誰もいないフラットにジルが一人座っていることに。（中略）私にはトニーが部屋の反対の端で身体を揺すったり、黄色のドレスの女の子の耳を軽く噛んでいるのが見えた。トニーは、悲しげにも、つらい思いを抱いているようにすらも見えなかった。まるで楽しんでいるかのように見えた。（pp.86-87）

この時、ジルと生活を共にしていたセアラは、彼女の孤独と苦悩を身近に感じている。一方で、ジルのかつての夫が別居による精神的苦痛を感じることなく新たな人生に乗り出している姿や、妊娠が分かったステファニーの幸福を目の当たりにして、セアラは、再度、ジルの不幸を痛感せざるを得ないのである。

三番目の既婚女性の例には、姉ルイーズが存在する。その美貌と知性によって、裕福で育ちの良いスティーブンとの結婚を手に入れ、幸福の絶頂にいるようなルイーズであるが、彼女の幸福は長くは続かない。新婚旅行中に、すでにルイーズが一人でぼんやり外国の街を彷徨っている姿が友人に目撃されている。しかしながら、読者はこれ以前の物語の初めに、この結婚に暗雲が立ち込めているのを感じることができる。イギリスは個人主義の国とはいえ、家族がルイーズの結婚相手の噂を耳にすることもなく、慌ただしく人生を左右することになる結婚が決まったということも二人の今後を暗示するものである。だが、それ以上にスティーブンが同性愛者であるということ、彼との結婚式にルイーズが何日も着用した汚れた下着で臨むこと、スティーブンの友人ジョンをルイーズ自らが下着姿でいる花嫁の控室に彼女が躊躇いもなく招き入れることなどにその行く末を想像させるものがある。

表面上、ルイーズにとってスティーブンは理想的なパートナーに見えるが、夫婦関係において、夫が同性愛者であるということは大きな問題である。それを踏まえて、ルイーズはスティーブンとの結婚理由を次のように説明している。

勿論、私は彼のお金のために彼と結婚をしたのよ。（中略）私がスティーブンとどこへ行っても、常にたくさんの請求書が来て、彼は全て払ってくれるの。（中略）もし、スティーブンと結婚すれば、私は二度と窮乏とかお金の不足を考える必要がなくなると突然悟ったの。（pp.195-196）

ルイーズはスティーブンと結婚する理由を経済的理由からだと説明し、その後、彼に対する僅かばかりの「自分の側の同情と義務感」（p.198）ゆえだと付け加えている。ジルと異なって、ルイーズは愛情からではなく、経済力もあり世間映えのするスティーブンを結婚相手に選択しているのである。ルイーズは、もともと彼に深い愛を感じておらず、結婚前から続いていたジョンとの関係は結婚後も清算されないままである。しかも、結婚からそれほどの時間が経過していないにも拘らず、ルイーズはスティーブンの留守中に自宅でジョンと共に入浴をして、その現場をスティーブンに見つかるという大失態を演じる。その結果、この結婚は破局に至り、幸福を手中にしているように見えたルイーズでさえもこの顚末に大粒の涙を流して苦悩し、今後の自らの身の振り方に苦慮せざるを得ないのである。

以上のようにセアラの身近な既婚女性達は、愛に基づいて結婚をした者も経済力に惹かれて結婚をした者も、幸福からは程遠く、セアラが結婚へと自らの人生の舵を取れない理由にもなっている。(6)

二・三　独身女性達の不幸

『夏の鳥かご』では、既婚女性達が結婚に幸福を見出せていない例を様々目にするが、独身女性達もその生活に幸を見出せておらず、幸福には程遠いようである。本作で、どのような薄幸の独身女性達が存在しているのかを検証してみる。

セアラにとって身近な独身女性の例としては、スウェーデン出身のベネット家のオペアガール（外国語習得のため、食・住を与えてもらう代わりに家事を手伝う外国人女子）、クリスティン（Kristin）が存在する。北欧生まれの外国人であるクリスティンは、雇用者であるベネット家の人々と良好な関係を築けず、常にベネット夫妻の怒りを買い孤独である。セアラは彼女の目が「鷲鳥かカモメ」（p.26）に似ていると言う。鷲鳥は「愚かさ、臆病さ」(7)を表し、カモメは「悲劇を運命づけられた若鳥」(8)の象徴であるので、クリスティンの将来には明るいものを予期できない。

二番目の独身女性の例として、セアラの友人シモーン（Simone）が存在する。シモーンは、葉のない艶やかな花のイメージで捉えられているので、一見、華やかさの象徴のように思える。しかしながら、葉に勢いがないと植物は成長することができず、その花も短命であるので、葉がない花のイメージのシモーンには、クリスティン同様、明るい将来が予期できない。

次にベネット姉妹の独身の従姉、ダフニー（Daphne）のことを考えてみる。ヴィクトリア時代において、就業していないことがレディの条件であった中産階級の女性達にとって唯一の就業可能な職業がガヴァネスであったように、女性の伝統的な職業として教職が存在する。歴史教師であるダフニーは、女性の伝統的職業に従事している。美貌、知性、若さを有するセアラは、自分よりも外見的、及び、性的魅力に劣るダフニーを次のように捉えている。

> ダフニーは、どういうわけか、私の存在にとって脅威である。彼女に会う時はいつでも、私は地面に重石で押さえつけられているように感じる。私は、自分の前で将来がトンネルのように狭まっていくのを感じ、他の者は皆、高みで笑っているのである。（p.114）

更に、セアラは神話を持ち出し、ダフニーは「男神に追われ、処女性を保つために木に変えられた。（中略）誰が、木を強姦しようか」（p.32）とも述べ、ダフニーの女性性と性的魅力の欠如を指摘している。セアラにとって、ダフニーは結婚も含めて人生のあらゆる可能性を失わせる脅威、つまり、女性的魅力を欠いた典型的な女性教師像である。ダフニー自身が自らの人生をどのように捉えているのかは別として、セアラによるこうしたダフニーの紹介で、読者もダフニーの将来に幸福とは程遠い女教師としてのステレオタイプな孤独の人生を思い描かざるを得ない。
以上のように、セアラの身近な独身女性達もその将来に希望があるようには思えず、既婚女性同様に厳しい人生が待っているようである。

二・四　就業に対するセアラの限界意識

セアラは自分の周囲にいる既婚女性達の不幸を身近に感じ、また、自らの就業願望も否定できず、フランシスとの結婚への希望を持ちながらもそのことに飛びつくことはせずに、結婚の選択を先延ばしにしている。フランシスの研究者仲間達と昼食を共にした時に、大卒の学位を活かせない自らの現状に焦りと寂しさを覚えながらも、現実としてセアラは浮き草稼業的な臨時の仕事に従事するだけであり、そのことで精神的葛藤に陥っている。現在でも、大学卒業後間もない女性達が、自分の人生の方向性に迷うということは珍しいことではないが、一九六〇年代と現在では女性を取り巻く社会的環境が大いに異なっている。セアラの心情としては、教員、若しくは、女性研究者として就業することを現実的選択と感じているように思える。しかしながら、ダフニーの人生を鑑みる時、彼女はそうした職業に従事することへの不安も覚えている。ダフニーの例とは別に、そこにはセアラが就業を躊躇する何があるのかを、当時のイギリス女性達を取り巻く労働環境を念頭に置きながら考察してみる(9)。

セアラにとって、教職は学位を活用できる重要な職業である。だが、彼女は教職に就くことに抵抗感を覚えている。セアラにその選択を踏み止まらせる理由の一つは、前述した教職に就いた独身女性の不幸を象徴するようなダフニーの存在である。

女性的魅力を欠いた典型的教師像であるダフニーは、セアラが教職に就いた時の彼女の陰鬱な将来を予測させるものがある。セアラは学究生活への未練を持ちながらも、ダフニーに性的魅力もない独身女教師の薄幸な人生を見る時、その道を拒否せざるを得ないのである。V・G・マイヤー（Valerie Grosvenor Myer）は、一九六〇年代の社会において、ダフニーのように女性的魅力がない「賢い女性」の存在は女性を脅かすのに十分説得力があった、大学教育は当時はまれな特権で、それには義務を伴ったと述べ[10]、学究生活へ踏み込むことへのセアラの女性としての恐怖感を擁護している。マイヤーが指摘する義務とは、学究生活に踏み込むことで「賢い女性」は知性と引き換えに女性としての幸福を諦め、ダフニーのような寂しく不毛な人生を歩むことを意味していると思われる。

また、セアラは学究生活を拒否せざるを得なかった理由として、ダフニーが表象する女性としての侘しい人生への恐怖感と共に、研究職の魅力にも拘らず、自らの女という性がもたらす職業上の不利益を吐露している。

> 私は、そうした場所［オックスフォード大学］が好きで、そうした仕事が好きだわ。でも、そうした人々が好きではないの。私はそうした人々の一人になりたくはないの。教職も同じだわ。（中略）私は、自分自身を大学教員として想像していたわ。でも、それには何がいけないのか言いましょう。それは性別なの。セクシーな大学教員にはなれないわ。男性が、博学で魅力的なのは、いいわ。でも、女性にとっては、それは駄目なのよ。セクシーさは、その仕事の本質的真剣さをそぐのよ。大きな図書館に座って、色気を振り撒き、ガウンが剝き出しの肩からずり落ちる度に全ての人を困惑させるのは、全くもって良いわ。でも、生計のためにそうしたことはできないわ。（pp.183-184）

セアラは、女という性が持つ艶めかしい魅力が学究生活の選択への障害になっていると指摘している。そして、セアラは自分以上に美貌に恵まれ、知性豊かなルイーズの就業にも触れて、次のように述べている。

ルイーズは、あまりにも知的だったので何もしないということは出来なかった。でも、あまりに美しくセクシーなので、政治、法律、或いは、社会科学といった全て第一級のことはできなかった――(p.149)

セアラより二年早くオックスフォード大学を卒業したルイーズは、この二年間、セアラ同様、正規就業をせずに、その時々で気が向くままに就業し、日々を過ごす生活を選択している。知的な彼女は、就業をしないという選択はできないが、女性という性とその美貌が邪魔をして、セアラによると、男性が主流を占め社会的名声を得ている職業分野には参入できずにいたのである。

ルイーズの就業に関するセアラのこうした説明は、第二次世界大戦終了からそれなりの歳月が経過した一九六〇年代初頭においても、女性の居場所は「台所」[11]、若しくは、「寝室」だとするヴィクトリア時代の伝統的な男女の役割分担意識が依然としてイギリス社会にはびこり、知性豊かなルイーズですら就業においてジェンダーの限界が存在することを指摘するものである。しかしながら、セアラは自ら中途半端な職業意識を抱いたり、ルイーズの職業選択にジェンダーの問題を絡めるだけで、フランシスの研究者仲間達との昼食会で知識人女性の社会における「副次的地位」に苦々しい思いを味わったにも拘らず、それ以上の行動はしない。そのことは、一方で、セアラがそうした女性の社会的限界を許容もしていることに繋がるのである。

『夏の鳥かご』の時代設定である一九六〇年代前半は、一九六〇年代後半頃からイギリスよりもアメリカにおいて活発化する第二波女性解放運動が盛んになる前だったとはいえ、一九二八年にはイギリスでは女性が男性と同等の条件下で参政権も獲得しており、一九六〇年代には性革命も起こり、新しい時代のはずである。しかしながら、セアラが知識人女性が男性同様には「第一級」の職業に従事することができないと述べていることから、イギリス社会にはまだまだ家父長制が存在し、男女平等には程遠かったことが推測できる。[12] 上層中産階級出身のルイーズとセアラ姉妹は頭脳、美貌、家柄と様々な面で社会的特権を与えられているが、社会に残る女性に対する厳しい現実の前で、ルイーズにしろセアラにしろ、自らが望むようには自由に職業選択ができないという女性ゆえの苦悩がある。こうした現実は、社会的強者である二人の姉妹だけの現実ではなく、彼女らの同窓の女友達にも言える現実である。

二・五　女性であることの社会的限界

権威ある大学を卒業したものの、社会の入り口で知識人女性の就業の自由に限界を覚えたセアラは、社会における男女の相違に関して、次のように述べている。

外殻のないやわらかい蝸牛のように、殆ど防御するものがなく誕生するとは、なんと不平等であったかと思いながら、私は自分自身をうっとり眺めた。男性は良い、彼らは明確に定義され、囲まれている。でも、私達女性は生きるためにやって来る者全てに対して開放的でありのままであらねばならない。(pp.28-29)

セアラは外殻のない蝸牛に女性を喩え、男性と異なって何の防御をする物もなく社会の荒波を渡らなければならない女性の立場の理不尽さと、社会で生きるためには外部に対して開放的で、ありのままであらねばならない女性というジェンダーに帰する不平等さを吐露している。こうした社会における男女間の不平等さが、知性ある女性達の就業不能へと繋がっているのである。

『夏の鳥かご』では、ルイーズとセアラは人間を肉食動物と草食動物に分類できると語っている。彼女らによると、肉食動物とは特権を有する者、利用する者で、草食動物とは特権を有さない者、利用される者のことである。[13]『夏の鳥かご』には、ルイーズとセアラのように高等教育を受けた様々な女性が登場する。若さ、美貌、知性、出自に恵まれたルイーズとセアラは、肉食動物の代表者である。その一方で、知性、美貌において彼女達に劣り、将来に希望が見えない歴史教師である二人の従姉のダフニーは、草食動物の代表者である。しかしながら、キャリアに対する逡巡も結婚という選択で克服し、常に勝者の人生を歩いているように見えるルイーズですら、物語の終わりでは、愛のない結婚が破綻し、その人生選択の甘さが露呈している。セアラは、全てを手にしているようなルイーズの強欲な生き方に、「ルイーズ、私に勝利の方法を教えて、負かされないことを教えて」(p.25)、「私は、その時、激しくルイーズを羨んだ。彼女は、全てを、そして、愛をも手にしているように思えた。(中略)ルイーズは常に勝利を収めるのだ。彼女は何をしようと、勝利を収めるのだ。そして、私は負けるのだ」(p.186)という意識を抱いていた。しかしながら、ルイーズも女性の中では肉食動物であったとしても、社会では防御する物が何もない外殻のない蝸牛なのである。男女という範疇で捉えた時、ルイーズも草食動物であり、実際は弱い女性にすぎないのである。それゆえ、人生の勝者であるように見えたルイーズもスティーブンとの愛のない偽りの結婚生活に破れ、涙し、自らの人生を立て直す運命を背負わなければならないのである。

こうして、『夏の鳥かご』では、ルイーズですら女性であるがゆえに、その生まれついた性の持つ「攻撃する代わりに、守り、依存する」(p.29) という副次的性質、並びに、社会的に防御するものが何もないという性質上、男性主導の社会で苦境にさらされる運命にあるのである。[14]

終わりに

ドラブルの処女作『夏の鳥かご』は、彼女が二十四歳の時の作品である。この作品のテーマ自体が若き女性の目で当時の社会を捉え、高学歴女性達の自立の難しさと、それゆえに結婚と就業の間で苦悩する彼女達の心理を描くというものなので、リビーが指摘するように、テーマそのものが平凡で、特に男性読者にとってはおもしろみに欠けるものであるかもしれない。しかしながら、人生経験が浅い二十四歳の女性作家が自らの置かれている状況から、当時の社会における高学歴女性達の自己確立を巡っての精神的葛藤を描こうとしたのは、彼女がリーヴィスを師とし、オースティンらからの伝統的イギリス小説の流れを受け継ぐ作家であることを考慮すると、デビュー作としては妥当な船出であったのではないかと思える。オースティン自身は寡作であり、「田舎の村の三つか四つの家族が、小説の題材に最適なのです[15]」と彼女が言うように、そのテーマも極めて狭く、作品は全て女性を巡る結婚に関するものである。ドラブルも『夏の鳥かご』において、女性にとっての結婚と就業をテーマに作品を描いている。勿論、女性にとっての結婚をテーマに作品を描いているイギリス女性作家は他にも多く存在する。だが、時代は異なるもののイギリスを代表する二人の女性作家が、男性に経済的依存を求めるような形の結婚をテーマにして作品を描いていること、特に、オースティンの場合は殆どの作品のテーマがそうした形の結婚であることは、当時のイギリス社会において、女性達、特に、中産階級の女性達にとって、生きていくためには、男性に経済的に依存する形の結婚しか選択肢がなかったことを示唆している[16]。

『夏の鳥かご』に登場する女性達の多くは男性主導の社会で幸福を求めて生きようとするが、幸福とは縁が薄い。そのことに関して、本作品ではドラブルは人生の不平等という観点と社会に残るジェンダーに起因する不平等という観点から、薄幸の女性達の姿を描いている。本論では、前者に関しては「人は草食動物と肉食動物に分類される」と特にルイーズが主張する場面以外ではあまり触れなかったが、後者に関しては、ドラブルが女性の置かれている社会的困難さなどを描いていることから、この後、作品を書き進めるにつれて社会の矛盾というテーマに段々と取り組むようになるドラブルの社会的意識の萌芽を処女作でも感じるものである。V・K・ベアーズ（Virginia K. Beards）は、「社会の不平等という批判を通して、イギリス小説は伝統的に社会改革に貢献してきた」[17]と述べている。大学卒業後、すぐに結婚をしたドラブル自身は、『夏の鳥かご』に登場する知識人女性達の結婚とキャリアを巡る苦悩から解放されてはいた。しかしながら、新しい時代であるはずの一九六〇年代初頭を生きる知識人女性達が今なおお自らのジェンダーによって支配され不利益を受けている現状に、[18]彼女は文筆業の知識人女性として、ペンでもってささやかな抵抗と問題提起をし、女性にとっての新しい時代の到来を願っていたのだと思う。[19]そうした希望も持って、若きドラブルは女性作家特有のテーマを打ち出して、この作品を執筆したのではないだろうか。

注

本章は、拙稿「*A Summer Bird-Cage* における女性達の運命―二人の姉妹を中心として―」（『九州女子大学紀要』第三五巻一号、一九九八年）を基に発展させたものである。

（1）ドラブルは、筆者との対談で自らの大学時代を振り返って、一九六〇年代のオックスフォード大学、ケンブリッジ大学における女子学生の割合は約一〇％で、且つ、女子学生に対しては概して学問的熱意は求められていなかったと述べ、女子学生の置かれた学問的制約の様子を語っている。永松美保、「Margaret Drabble へのインタビューを終えて」、『九女英文学』№.二七、一九九七年、二七頁参照。

（2）Marion Vlastos Libby, "Fate and Feminism in the Novels of Margaret Drabble," *Contemporary Literature* 16.2 (Spring 1975): 175.

（3）Margaret Drabble, *A Summer Bird-Cage* (1963: Penguin Books, 1976) をテキストとし、以後、本テキストからの引用には括

弧内にページ数を記す。尚、日本語訳は拙訳である。
（4）現在からさほど遠くない一九九〇年代においてですら、オックスフォード大学と肩を並べるケンブリッジ大学において、女子学生、女性職員に対する明らかなジェンダーに起因する学位取得や昇進における差別事象は存在している。そのことを踏まえると、一九六〇年代の両大学が女子学生や女性職員をどのように扱っていたかは自ずと想像が出来る。一九九〇年代のケンブリッジ大学における女性差別の状況に関しては、岡山勇一・戸澤健次、『サッチャーの遺産―一九九〇年代の英国に何が起こっていたのか―』晃洋書房、二〇〇一年、一六四―一六七頁参照。
（5）イギリス女性達の労働賃金は一九五五年に国家公務員においてようやく男女同一賃金となるが、民間企業ではそれより遅れて一九七〇年に男女同一賃金が実現するという状況であった。とはいえ、一九七〇年では、イギリス女性達の平均時間給はまだ男性の約二分の一であった。これらは、一般的イギリス女性に対する労働賃金の数値ではあるが、大卒イギリス女性に対しても教育職など一部の専門職を除いてはそれ程数値の相違はないと思われる。そして、ようやく一九七五年に雇用上の性差別が違法となった。だが、日本より女性の社会的地位が高いと言われているイギリスにおいても、社会生活上、男女平等にはほど遠い現実が存在していた。ポール・スノードン・大竹正次、『イギリスの社会―「開かれた階級社会」をめざして』、早稲田大学出版部、一九九七年、七三頁参照。
（6）『夏の鳥かご』では、唯一幸福な結婚生活を送っているように思われる女性は、ステファニーである。しかしながら、政治運動に傾倒しているマイケル（Michael）・ステファニー夫妻の幸福は親の経済力の恩恵によるところが大きく、二人はセアラの理想の結婚像とはなっていない。
（7）アト・ド・フリース、『イメージ・シンボル事典』、山下主一郎他一〇名共訳、大修館書店、一九九四年、二九〇頁。
（8）Nora Foster Stovel, *Margaret Drabble: Symbolic Moralist* (Mercer Island: Starmont House, 1989) 31.
（9）一九六〇年代のイギリスは、戦後の混乱が終息し、一九七〇年代初頭のオイルショックに端を発する経済不況に見舞われる前の比較的安定した時期である。そうした時代においても、前述したように、イギリス女性達の労働環境は、賃金を例に取っても、男女平等とは言い難い状況であった。スノードン・大竹、七三頁、及び、ジャイルズ・マリー、『「英国」おもしろ雑学事典』、講談社インターナショナル、一九九九年、二二八頁参照。
（10）Cf. Valerie Grosvenor Myer, *Margaret Drabble: A Reader's Guide* (London: Vision Press, New York: St.Martin's Press, 1991) 27.
（11）Virginia K. Beards, "Margaret Drabble: Novels of a Cautious Feminist," *Critique* 15. 1 (1973): 37.
（12）当時のイギリスにおける女性の社会進出度合いを理解するために、知識階級である弁護士を例に取ってみる。一九六〇年代のイギリスで女性弁護士の占める割合は、正確には分からないが、近年に限って言うと、二〇〇〇年から二〇〇七年にかけて女性弁護士の割合は三五・二%から四二・二%へと先進国の中でも急激に伸びている。近年に急激に伸びていることから推測すると、一九六〇年代のイギリスで女性弁護士の占める割合はそう大きくはなかったと思われる。二十世紀末から二十一世紀初頭のイギリスでの弁護士の男女比率に関しては、日本弁護士連合会、「[特集一] 男女共同参画と弁護士」、『弁護士白書二〇〇八年版』、一八頁、二〇一四年五月五日アクセス、<www.nichibenren.or.jp/.../ja/.../hakusyo_tokusyu2008_01.pdf> 参照。

(13) Cf. Susanna Roxman, *Guilt and Glory: Studies in Margaret Drabble's Novels 1963-80* (Stockholm: Almqvist & Wiksell International, 1984) 56.

(14) Cf. Stovel 33.

(15) オースティンの言葉に関しては、川崎寿彦、『イギリス文学史入門』、研究社、二〇〇五年、九六頁参照。

(16) 現在、経済的に自立している女性の数は以前に比べて随分増えているとはいえ、日本より女性の社会進出が進んでいるイギリスにおいても男女間の賃金格差問題は残っている。独立行政法人、労働政策研究・研修機構が二〇〇四年に発表したデータでは、二〇〇三年のイギリスでの調査で男女間の賃金格差は一八%で、一九九一年に統計を取り始めて以来の最小格差となっている。独立行政法人、労働政策研究・研修機構、「男女間の賃金格差、縮小」、二〇一六年三月二日アクセス、<http://www.jil.go.jp/foreign/jihou/2004_2/england_02.html> 参照。

(17) Beards 36.

(18) 本作品のタイトルは、『夏の鳥かご』である。「かご」とは檻のことであり、女性がどんなに努力をしても社会にジェンダーによる不利益が残っている限り、女性は男性のようには職業選択の自由がなく、現状から羽ばたくことが困難である。『夏の鳥かご』というタイトルは、女性達には自由に羽ばたけない状況が存在することを示唆してもいると思われる。

(19) 二〇一三年、夏、筆者がロンドンでドラブル女史にお会いした時、彼女は日本の隣国、韓国に女性大統領が誕生したことに関心を示されていた。西欧諸国に比べると、女性の社会進出が遅れている東アジアに女性大統領が誕生したことが驚きであったようである。また、日本の女性政治家の数にも関心を示され、日本での女性首相誕生の可能性についても尋ねられた。これに随分先立つ初来日時にも、ドラブルは朝日新聞の女性記者のインタビューを受け、その時に彼女から朝日新聞における女性記者の割合を知らされ、失望感を表している。こうしたことからも、以前からドラブルが女性の社会進出、地位向上に関心を持っていたことが推察できる。

第三章　『碾臼』(*The Millstone*, 1965) における愛の不能

はじめに

『碾臼』は、ドラブルの第三作目である。一九六五年刊行のこの作品は、第二波女性解放運動が活発化する当時の社会情勢と相まって、無名であったドラブルを一躍作家として有名にした。彼女はこの作品でイギリスで三十歳以下の年間最優秀作家に贈られる「ジョン・ルーウェリン・リース記念賞」を受賞している。[1] この作品が、何故、特に欧米で活発化していく第二波女性解放運動と呼応して脚光を浴びたかというと、『碾臼』は二十代の若き知識人女性が未婚の母親になるという人生を選択する物語であり、表面的には「女性は男性に頼らずとも独りで子供を産み育てていける」というテーマの作品に思えるからである。主に参政権獲得運動であった第一波女性解放運動と比べて、様々な社会的制約から解き放たれたいという、女性達の個としての精神的自立を訴える第二波女性解放運動の目指すところと『碾臼』の女主人公の生き様に類似性が見られ、当時の社会情勢を考慮すると、こうした点に焦点をあててこの作品を捉えようとする風潮はある意味当然だったと思える。しかしながら、

この作品を深く読んでみると、ドラブルが重点を置きたかったのは、未婚の母親としての女主人公の生き方ではなかったのではないかと思われる。

『碾臼』は、様々なテーマを含んでいる。例えば、社会の不平等、階層問題、フェビアン社会主義者である両親が主人公ロザムンド・スティシー（Rosamund Stacey）の人格形成に与えた影響、家族・人間関係の希薄さ等々である。こうしたテーマの多くは、ドラブルが後の作品においても、社会的背景は異なるものの度々追い続けているテーマである。

中産階級出身で、著者同様、大学で英文学を専攻し、十六世紀英詩を研究対象として博士号の取得を目指す若き研究者ロザムンド・スティシーは、博愛、社会正義を重んじる両親から親子間の特別な愛情を与えられることなく成長する。それゆえ、彼女は愛というものがどういうものか両親から学ぶことができず、他者との愛情交換が不得手である。作品に一貫するロザムンドの希薄な他者との関わり方は、西洋と東洋という文化の違いを超えて、我々読者が注目するところである。我々人間は、他者との関わりの中で生きており、他者との絆を否定して生きていくことなどできない。しかしながら、ロザムンドは「わたしは人と人を結ぶきずなを、口ではうまいことを言いながらも、じつにたくみに避けていた」（pp.68-69）[2]と自己分析をするように、他者との関わり、即ち、絆を否定している。こうした彼女の生き方は、彼女が生まれついた階層が関係しているのは確かであろうが[3]、それ以上に彼女の両親の教育や子供とのかかわり方が彼女の人格形成に影響を与えていると思われる。他者との繋がりを回避するロザムンドの生きる姿勢が彼女の人生をどのように導いているのか、両親の教育が彼女に与えた影響を踏まえながら、考えてみる。

三・一　ロザムンドの両親について

先ず、通常、子供の人格形成に大きな影響を与える存在であるロザムンドの両親がどういう人達なのかを考えてみる。

小説の冒頭で、ロザムンドは自らの両親のことを次のように語っている。

両親は財産があるということをひどく嫌がっていたので、自分たちが苦しんだり犠牲になったりする形でなければ、なるべくその問題にかかわりたがらなかった。（中略）彼らは自立ということを大事にしていたのだ。彼らが自立という思想を徹底的にたたきこんでくれたおかげで、わたしは人にたよることを大罪だと信じていた。（p.9）

わたしは自分の家では社会主義的な原則と中産階級的な良心がじつに妙な結合をしていること、両親が非国教徒の伝統にふくまれる耐えがたい性格をその政治倫理観のなかに持ちこんでいることなどを、かなりくわしく語った。(p.27)

前記引用に続いて、ロザムンドは「両親は、自分を罰せずにいられないってわけよ」、「ただ安閑と暮らしてはいられないの」（p.27）と付け加える。ロザムンドによるこうした説明で、彼らが社会正義を重んじて自己犠牲を強いたり、自らが裕福な中産階級出身であることに罪悪感を覚えている人達であることがわかる。[4] また、子供達との関係に関しては、スティシー夫妻自身が中産階級出身であることや「自立」という思想を徹底的に子供達にたたきこんでいることから、夫妻は親子といえども、子供達との間に一定の距離を置いていることが推測できる。

マイヤーは、『不正に対して改革運動に加わる用意のある』非国教徒の伝統は、今日フェビアン社会主義の残存者に生き残っている（中略）社会主義と労働組合運動は、非国教徒の教会の社会組織からの派生である」[5]と述べている。このことに鑑みると、ここでロザムンドが言う両親の「社会主義的な原則」と「非国教徒の伝統」は同一のものである。こうした流れを汲むロザムンドの両親は、富裕であることを後ろめたく感じ、自己犠牲、自己罰則に傾いて、博愛、平等、自立を生活上の信条としている。彼らのこうした姿勢は子供達の教育にも反映されている。彼らは、自分達の裕福な境遇にも拘らず子供達を公立学校で学ばせ、言葉の発音でその出身が分かるという国に居住しながらも、子供達が「ひどいコックニーアクセント」(p.27) を使おうが、夜中の三時に帰って来ようが何も干渉しない。そして、後には銀製の食器を全て盗み、彼らを裏切ることになるだろうと分かっている家政婦を訪問客に紹介したり、家族同様に一緒に食事をさせる人達である。現在、ロザムンドの両親は新設大学を軌道に乗せるためにアフリカへ出張中であるが、ロザムンドに言わせると、彼らは他の者が行きたがらない出張を自ら引き受ける人達である。両親は、親切心からというよりも富裕の罪を逃れようとしてオックスフォード・ストリート (Oxford Street) 界隈の高級住宅地に位置するフラットを、彼らが海外出張で不在の間、娘の自分に無償で貸与してくれたと説明されているように、彼らの社会的行動は、純粋な博愛・平等・自己犠牲の意識からではないのかもしれない。しかしながら、彼らが多くの中産階級者同様に、自分達の恵まれた環境に後ろめたさを覚え、表面上、博愛・平等・自己犠牲の精神を貫こうとしていることは確かである。[6]

三・二　両親の教育が娘ロザムンドに与えた影響

三・一で考察したように、フェビアン社会主義者であるロザムンドの両親は社会正義や博愛を前面に打ち出し、依存を「大罪」だと子供達に教え、親子間の特別な愛情を子供達に注ぐことなく彼らを育てている。その結果、兄アンドリュー（Andrew）、姉ベアトリス（Beatrice）、ロザムンドの三人は密な兄妹関係を築くことなく、成長している。また、両親が海外出張で不在の間、両親のフラットに居住しているロザムンドを訪ねた友人は、「きみのことはさっぱりわからないからな。何もかも秘密の生活だからね」（p.10）とロザムンドの秘密主義に言及するほどに、彼女は他者を頼らず、全てを自分独りで行おうとする女性に成長している。

この項では、「自立」に重きを置く両親に育てられたロザムンドがどのように他者と関わっていくのかを考えてみる。『碾臼』はロザムンドの異性関係の特異性を語ることから始まっているので、ロザムンドの異性との関係を通して、彼女の他者との関係を考察してみることにする。

先ず、大学生になったロザムンドの異性との関係から考えてみる。当時十九歳のロザムンドは、大学のクリスマス休暇を利用して、ハミッシュ・アンドルーズ（Hamish Andrews）という男友達とロンドンで一夜のアバンチュールを楽しむ計画をする。予めホテルの予約も済ませ、親には帰宅が遅れる口実も伝えており、全ては完璧に整っている。しかしながら、偽りの結婚指輪もはめて行ったホテルの受付で、ロザムンドは宿泊簿に本名を記載するという大失態を演じるのである。(7) ロザムンドは、この失態を「心の底のフロイト的な原因」（p.6）と説明している。そして、この「心の底のフロイト的な原因」は、ロザムンドの今後の異性関係に影響を与えることになる。というのは、この夜、ロザムンドはハミッシュと一夜を共にしながらも、性的関係を結んでおらず、こうした男女の関係は今後も繰り返されることになるからである。作品からは、ロザムンドがハミッシュと性的関係を持つことなく外泊するのは、今回だけではなく、その後一年ほど続いていることが読み取れる。「心の底のフロイト的な原因」はロザムンドのこのような行動と何らかの関係があると思われるが、ロザムンドはハミッシュとのこうした性的関係がない交際、そして、その関係が今後の異性関係にもたらす影響を次のように語っている。

そういうこと［性的関係がない交際］をしながら、自分では愛を創っているのだ、自分の人生の自分らしい愛のつながりを創っているのだとわたしは考えていた。（中略）わたしは、自分が気がつかないうちに人生の一つの型ができて行くこと、自分のほうで作っているつもりのものが、自分を拘束する動かしようのない牢獄に化してしまうことを知らなかったのだ。何も知らずに自分をとじこめる垣を無邪気につくり、自分のしてしまったことをさとる年齢になったときには、もうそれをこわすには手おくれになっていたのである。(p.7)

ロザムンドはハミッシュとの関係において、「自分では愛を創っているのだ、自分の人生の自分らしい愛のつながりを創っているのだ」と彼女独自の愛情表現で彼との愛を創造しているのだと考えていた。しかしながら、前記引用が示唆するように、ロザムンドの最初の愛の形が彼女が気づかぬうちに「自分を拘束する動かしようのない牢獄」、「自分をとじこめる垣」となり、ロザムンドの異性関係における「人生の一つの型」、即ち、「ハミッシュ・パターン」(p.7) が形成されるのである。そして、ロザムンドが述べるように、彼女の最初の愛の形「ハミッシュ・パターン」は、後の異性関係において、「いつまでもくりかえされる」ことになるのである。

十九歳という成人にほぼ近い年齢の女性が男性と恋に落ち、何度も夜を共に過ごしながらも性的関係がないまま交際が持続するということは、通常、稀であろう。ロザムンドのハミッシュへの恋愛感情がどの程度のものであったのかは、不明瞭だが、ロザムンドは彼女なりの彼への愛の真剣さを吐露している。では、ハミッシュ、そして、彼以後の男性達との間で「いつまでもくりかえされる」ことになる相手との一線を引く交際を選択するロザムンド側の理由として、何があるのであろうか。ロザムンドの視点から考えてみる。

ロザムンドは同性愛者ではなく、「わたしは男性が好きで、くりかえしくりかえし何年もたえず恋愛ばかりしていた」(p.17) と語っている。そして、ロザムンドは「いくつかの悲しい実験ののちに (中略) 自分にぜったい必要なのはそばにいてくれる人間だ」(p.19) ということを悟る。そして、彼女はその「人間」を得るために、彼女にとって最大限の恩恵をもたらす異性との関係である「すばらしい方法」を編み出す。「すばらしい方法」とは、ロザムンドが二人の男性と、それぞれに彼女が他方と肉体関係を結んでいると思わせて、交際を続けることである。こうすることによって、ロザムンドはハミッシュの時に感じた以上に身の危険を覚えることなく、両者から彼女が望む程度の「関心」を得て、彼女が望む程度の恋愛関係を享受できるのである。異性との最初の風変りな関係「ハミッシュ・パターン」は、性的関係を持たないまま同時に二人の男性と交際をし、二人の男性の自分への性的関心を上手くかわすという「すばらしい方法」へと発展していく。「そばにいてくれる人間」を絶対的に欲しているロザムンドにとっては、こうした交際は「すばらしい方法」であろう。しかしながら、二人の男性のロザムンドへの思いが真剣なものであれば、彼らはこうした交際のあり方に満足できないはずである。ロザムンドが異性との関係において一線を引く交際を好むのは、先にホテルの宿泊簿に「心の底のフロイト的な原因」で本名を記載したのと類似した良心の問題も見え隠れし、一九六〇年代前半という時代設定を考慮すると、結婚前の女性が性的関係を持ってはいけないという道徳的意識に彼女が縛られていたと捉えることも可能である[8]。しかしながら、それ以上に、こうしたロザムンドの異性との関係のあり方には、依存を「大罪」とする両親の教育の影響を認めることができる。

前述したように、両親の教育の影響もあって、ロザムンドは友人が指摘するとおり秘密主義者である。即ち、他者に一定以上に心を開くことができないのである。イングランド中産階級出身の彼女は、個人主義的な精神が浸透した家庭で育っているので、ある意味、他者と一定の距離を保とうとするのは自然なことである。そして、他者と最も親密な関係に至るのは、性行為においてである。しかしながら、ロザムンドの異性との交際のあり方は、性に対する拒否感を露わにしたものである。「すばらしい方法」によるロザムンドの交際相手の一人であるジョー・ハート（Joe Hurt）は、「同情」（p.43）や「親切」を表すことができる人物である。ロザムンドが、思いがけぬ妊娠後、彼との関係を早急に終わらせたいと願うことから、E・C・ロウズ（Ellen Cronan Rose）は、彼女が真に拒否しているのは性行為そのものではなく、性行為の結果、「他者と密接に関わること」の必要性が生じること、即ち、「愛」だと指摘している。(9) 依存が「大罪」だと両親に教え込まれ、また、博愛主義者の両親に親子間の特別な愛を与えられることがなかったロザムンドは、他者に依存することも他者を愛情の対象とすることも出来ず、性行為の結果、「他者と密接に関わること」、即ち、「愛」の必要性が生じることを恐れているのである。

ロザムンドが異性との性行為を厭い、異性を真に愛せないのは、ロザムンド自身が述べるように「昔なつかしい伝統的な罪」（p.17）ではなく、それとは反対に愛の枯渇という「新しい二十世紀の罪」、即ち、現代の罪である。

以上のように、ロザムンドは中産階級の伝統的個人主義精神と両親の社会正義に裏打ちされた教育、及び、博愛主義の影響を受け、友人間は当然ながら、異性との間にも真の愛情を芽生えさせることを嫌い、常に、一定の距離を置いた他者との関係を保とうとする。

三・三　ロザムンドの妊娠の意味

異性と一定以上の関係を持とうとしていなかったロザムンドだが、ふとしたことから行きずり的な男性と初めての性行為を行い、妊娠する。ここに至るロザムンドの心情と、妊娠が彼女にもたらすものの意味を考察してみる。

巧みに異性との肉体関係を避けてきたロザムンドであるが、彼女は初めての相手としてジョージ・マシューズ（George Mattews）という男性を選択する。ジョージはＢＢＣのラジオアナウンサーで、ロザムンドは「すばらしい方法」を構成する一人であるジョーの友人を介してジョージと知り合う。他者との最も親密な状況となる肉体関係を避ける努力をしてきたロザムンドが、数度しか会ったことがないジョージを初めての性交渉の相手として受け入れるのは、ジョージが異性よりも同性を好む傾向があることを知っていたからであろう。彼女の深層に、ジョージならこの場限りで性交渉後に深い交際を続けなければならないといった、彼女が恐れている男女間の面倒なことから逃れられるという考えがあったと思われる。実際、ジョージはロザムンドと肉体関係を結ぶ段階に及んでも、プライベートなことを彼女に語ろうとはせず、彼女への好意もそれとなく口にするだけで、ロザムンド同様、相手と距離を保とうとしている人物である。こうしたジョージの姿勢は、「他者と密接に関わること」を避けたいロザムンドにとっては好都合なのである。

お互いを熟知せず、パブでのロザムンドとジョーとの喧嘩別れに端を発した、彼女のフラットでの成行き的関係の後、ジョージはロザムンドが「何てことだ、くだらないまねをして」（p.30）と解したような言葉を吐き、自身をベールで覆い隠し、再会の約束もせず、自らの所在も明らかにしないまま、ロザムンドのフラットを後にする。ジョージの帰宅後、ロザムンドは二人の関係を反芻するが、考えれば考えるほど、ジョージではなく自分が先陣を切ったことを確信する。性交渉の後、ロザムンドは彼自身のことを何も聞かずに彼を帰宅させたり、その後、何の連絡もして来ないジョージへの思いを募らせるが、彼女はジョージの気持ちを尊重し、彼への思いを度々口にしながらも、自らの感情を抑える。ここにも彼女の両親の教育が生きているのである。

自己犠牲の精神を美徳と捉えるロザムンドの両親は、ロザムンド自身が「わたしは窮境に耐えるのはりっぱなことだと教えられて育った」(p.111) と述べるように、ロザムンドに忍耐は美徳だとする教育を授けている。その結果、「いざこざを起こすのは、わたしには辛くてとても耐えられないことだった」(p.145) という意識によって、ロザムンドは自己を制して他者の心情を重視する選択をして生きている。今回のジョージとの一件でもそうしたロザムンドの性質が見受けられる。ただ、ロザムンドはジョージへの思いを度々口にしたり、会えない辛さを埋め合わせるのに自らに彼の声をラジオで聞くという「ぜいたく」(p.80) を許したなどと述べているが、本来、異性との絆を深めたくないロザムンドが彼女自身が述べるようにジョージへの思いを真に抱いていたかは疑問ではある。だが、何れにせよ、この一度限りのジョージとの関係は、ロザムンドには誤算である、思いもよらない妊娠をもたらし、今まで、両親の教育に縛られて生きていた彼女が自らの生き方を再考し始めるきっかけになるのは確かである。

妊娠という事態に陥ったロザムンドは、自分で流産に至る方法を試みるも上手くいかず、熟慮の末、出産を決意する。(10) ロザムンドは、こうした局面に陥ってもジョージに連絡を取るわけでもなく、兄や姉も頼りにはならず、経済的理由から彼女の両親のフラットでの同居を申し出てきた友人リディア・レイノルズ (Lydia Reynolds) の助けを除いては自らの力のみで難局を乗り越えようとする。このような状況下でも、ジョージは「ひっそりとどこの誰なのかもわからない」(p.126) 人物なのである。

上層中産階級の出身で、知識人であるロザムンドとその両親は、どんなに社会的特権を持って生きている罪から逃れたいと願っても、彼らが高級住宅地に居住し家政婦を雇っていた事実を考慮すると、そうした罪とは無縁ではないし、彼らが社会の上層で生きていることは否定できない。ロザムンドは家庭教師として働く僅かなアルバイト収入で生計を立てているとはいえ、社会一般からは富裕層と見なされており、妊娠という事態に直面して、彼女は国の健康保険制度を利用するために訪れた二つの医療機関で出会った、今まで無縁であった患者達の様子に愕然とする。[11] ロザムンドは、「この訪問は天啓のようなものだった。（中略）現実への開眼と言ってもいい」(p.36) と述べている。ここで初めて、ロザムンドは社会の現実、即ち、社会の不平等と矛盾に開眼するのである。

気のめいる光景だった。あの人たちはどこへ行ってしまったのだろう、とわたしは思った。首（襟：引用者注）に毛皮のついているエメラルド・グリーンのオーバーを着た明るい顔の若い女たち、皮の上着の若い男たち、犬をつれた中年の女たち、クリストファー・ロビンのような子供をつれたはなやかな母親たち、雨にそなえて傘を持った男たちは。きっとこの道をちょっと行った、ハーリー・ストリートの家に坐っているのだ。(p.38)

これまで富裕層に囲まれて生きてきたロザムンドは、社会的弱者の生活を垣間見ることも、社会のひずみや不平等を身近に感じて生きることもなかった。妊娠によって自らが無縁であった社会やその不平等の存在を知ったことは、ロザムンドの大きな成長である。

ロザムンドは、社会の現実と遭遇したことで、次のように感じている。

こうして妊娠したのは、いまのわたしが生きている秩序の体系とはまったくべつの体系があること、学問にたいする情熱だの、社会的意識だの、ひよわで頼りない情緒的な人間関係だの、自由な意志の行使といった世界とはまったく無縁な一つの体系があることを、わたしに悟らせるためだったのではないか、ときどきわたしはぼんやりと、こういう錯綜した意識に襲われるのだった。(p.67)

前記引用から、ロザムンドがこの妊娠を意味あるものと捉えていることが分かる。妊娠以前のロザムンドは、彼女が吐露するように、一つの隔離された社会で生きていた。両親の経済的裕福さを象徴するフラットを無償で借り受け、研究という唯一の現実世界に生き、社会の不平等や矛盾には無縁で生きてきたロザムンドが、妊娠によって今まで接点がなかった階層の存在を知り、おぼろげに自らが生きてきた社会の狭さを感じるのである。

次に、今まで愛を知らなかったロザムンドが、妊娠によって愛に関して変化していく様子を考えてみる。ロザムンドは、妊娠五か月頃、訪れた病院で診察を待っている時に、イタリア人らしき女性の赤ん坊を預かるという出来事に遭遇し、その赤ん坊に次のような反応をする。

小さく暖かい身体、よくふとった柔い頬と、何よりもそのおだやかな、こもったような寝息が、しみじみと幼な子へのなつかしみをかきたてた。わたしはその子を両腕でしっかりと、固く抱きしめた。(p.70)

初めは、赤ん坊の濡れたレギンスの不快さやその幼い兄に踏まれた足に気を取られていたロザムンドが、見ず知らずの赤ん坊への愛を感じ始めるのである。愛する術を知らず、他者との希薄な関係しか求めていなかったロザムンドが、面識がない女性の赤ん坊にこうした感情を抱くのは若干意外に思えるが、この経験は彼女の母性に訴えるものがあったのだと思われる。そして、ロザムンドの母性に似た感情は、娘オクテイヴィア(Octavia)が誕生した時には、次のように発展する。

ベッドに坐ったわたしがその子を見ていると、その大きな青い目でまるでわたしがわかるように彼女が見ていた、そのときのわたしの気持は書こうとしても書けるものではない。愛、と呼んでもいいだろうか、しかも、それはわたしの生まれてはじめての愛だったのだ。（中略）［わたしは］幸福感にいたたまれず、二時間、じっと目をあけていた。わたしにはあまり幸福感を味わった経験がなかったのだ。満足感というか、むしろ勝利感、あるいは興奮とか昂揚した気分を味わったことはあっても。幸福感というものはもう長いあいだ味わっていなかったから、そのすばらしさ、あまりのすばらしさを、眠りによってむだにしてしまうのが惜しかった。（pp.102-103）

ロザムンドが吐露するように、彼女はこれまでの人生で真に愛というものを感じたことがなかったのである。それゆえ、ロザムンドの異性との交際はいつでもその関係が絶てる形を繰り返していた。そうした彼女が、ジョージとの行きずり的情事が原因で、思いもかけない妊娠から出産を経て、今まで感じたことのない感情、即ち、愛を娘に対して覚えている。このような観点からジョージとの一夜の情事を捉えると、妊娠は本来なら人間関係を軽視し続けたことへの罰のようなものであるが[12]、ロザムンドには人間的成長をもたらすものとなっている。

ロザムンドはオクテイヴィア出産以前の自らの愛の不能について、次のように述べている。

わたしは、ときどき、自分が何を見るにも好悪とか愛憎といった人間的な目で見ることができないのは両親のせいではないか、両親が悪いのではないかと思うことがある。ただ正義とか罪悪とか純潔といった目で見てしまうのだ。（p.84）

ロザムンドは自らの愛の不能の責任が両親にあるのではないかと言う。子供は、好むと好まざるとに拘らず、ある程度の年齢に達するまで養育してくれる親の価値観の影響を何らかの形で受けるものである。ロザムンドも同様である。しかしながら、前述したように、妊娠、出産を通して、今まで経験したことがないような感情が彼女の中に芽生え、社会正義に囚われて、人間的感情に疎い両親の教えから明らかにロザムンドが離れていこうとしているのが窺える。他者に依存することは「大罪」(p.9)だという教えを受けていたロザムンドが、リディアが不在時にオクテイヴィアの風邪薬を買いに一時フラットを留守にする間、見ず知らずの階下の住人に娘の存在を知らせ、緊急事態が起こった際の彼女の救出を頼み、他者に助けを求めるのもその一例である。

更なるロザムンドの変容は、誕生した娘オクテイヴィアの肺動脈に欠陥が見つかり手術後に娘との面会を病院に拒絶された時、忍耐を美徳とし、常に感情を抑え自己犠牲に徹していたロザムンドが金切声をあげ醜態を演じる場面に見られる。今まで愛を感じたことがなかったロザムンドが、娘の誕生によって愛というものを知り、彼女への愛、即ち、彼女への母性愛が醜態を演じるほどの自己主張へとロザムンドを駆り立てるのである。だが、オクテイヴィアはロザムンドの娘であるので、彼女の分身でもあり、娘への愛は自己愛にも繋がるものである。それゆえ、オクテイヴィアを出産することでロザムンドが真に他者への愛に目覚めたかというと疑問は残る。とはいえ、妊娠、出産を通してロザムンドが、両親の教えを離れて様々なことに開眼しているのは事実である。

三・四　母となったロザムンドの両親への思い

三・三において、ロザムンドが妊娠、出産を通して新たな社会と出会い、愛、特に、母性愛というものを知り、徐々に両親の教えを離れて自己確立に向かう姿を考察した。ここでは、現在、そうしたロザムンドが両親をどのように捉えているのかを考えてみる。

家族関係が希薄なロザムンドは、妊娠、出産を姉ベアトリスには相談していたものの、兄と両親には何も告げていなかった。姉は、ロザムンドが非嫡出子を出産することに否定的ではあるが、それ以上深く彼女の人生に関わろうとはしない。兄は、たまたま買い物中にロザムンドと出会った妻から妹の妊娠のことは聞いただろうが、彼もロザムンドの人生に干渉しようとはしない。ロザムンドの両親の教育を鑑みると、妹に対して一歩退いた二人の反応は不思議なことではない。

両親は、たまたまオクテイヴィアの主治医が父親の旧友であったことから、彼を通して自分達の不在中に娘が非嫡出子を出産していたことを知る。そのことを知った両親は、アフリカ出張に続いて、更に一年間インドへ赴任することにし、ロザムンドとの対峙を避ける決意をする。そして、彼らは帰国を延期する旨の手紙をロザムンドに送付すると共に、手紙の最後に「先週、昔の友人ディック・プロズローから手紙をもらいました。あなたと会ったとかいう話」(p.144) という言葉を記し、ロザムンドに自分達は貴女に関して全ての状況を把握している、とさりげなく伝える。両親は、二十代半ばの若き女性が自分達の不在中に非嫡出子を出産し、その子に先天的疾患があるという事実を知りながら、親子といえどもそれぞれの人生は別物であるとして、娘との対峙を避けたままその場をすり抜けようとする。彼らは、娘との関わりから生じるであろう当惑やばつの悪さを回避しているのである。

では、ロザムンド自身は両親のこうした姿勢をどのように捉えているのか、作中に探ってみる。次は、ロザムンドの思いである。

わたしはその時、両親が英国に帰るのをとりやめにしてインドへ行く決心をしたのは、主にわたしを狼狽させまい、わたしとオクテイヴィアの生活をかきまわすまいという配慮からであることを疑わなかったのである。(中略) 両親

> をよく知っているわたしには、この判断が正しいという確信があるのだ。彼らは、自分たちが帰国することによってわたしが、あるいは彼ら自身が、辛いぐあいの悪い思いをするのが、あるいは単に不便な問題といってもいい、そういう問題の起こるのが嫌だった。だからインドへ行ってしまったのである。それに、彼らはこういう経緯をわたしにわかってもらいたかったのだ、とも思う、（中略）わざわざ出してあるプロズローという名前は、彼らがインドへ行くことにした事情を語っているのだった。（中略）わたしは、果たして彼らは正しかったのかどうか、といつでも考えこんでしまうのだった。こういう如才のなさ、逃げかた、身のかわしかた。苦しみを味わせ《ママ》まいという顧慮、すすんで苦労しようという態度。これはたしかに道徳的だ、確固たる、伝統的な英国流道徳だ、いや、それより、好むと好まざるとにかかわらず、わたし自身の道徳なのだ。しかし、わたしの中にはこれをすんなり受けいれられない何かがあり、それが暴れだした（後略）（pp.144-145）

ロザムンドは、いささか綺麗すぎる両親の自己犠牲の精神を「確固たる、伝統的な英国流道徳」と呼び、自らも継承していることを認めている。しかしながら、「伝統的な英国流道徳」を持つ両親の「如才のなさ、逃げかた、身のかわしかた。苦しみを味わせ《ママ》まいという顧慮、すすんで苦労しようという態度」に、母となることで他者に援助を求める必要性や自己主張の必要性が生じたことを悟ったロザムンドは、ここに来て受け入れられない何かがあることを感じ始めているのである。摩擦を未然に防ごうとする両親の姿勢は、一見、自己犠牲に基づいた尊いものに見えるが、他者との真摯な対峙を避けることで、希薄な人間関係しか構築できないことにも繋がっているのである。

S・スピッツアー（Suzan Spitzer）は、ロザムンドの両親の生きる姿勢、特に、母親の生きる姿勢がロザムンドに与えた影響について次のように述べている。

両親への——とりわけ、とてもありうることだが、母親への——泣き叫ぶような必要性と依存を押さえつけて恐らく人生の殆どを過ごしてきたので、ロザムンドは自らの動機の真実から自己を守る堅い防御の鎧を創造してきた。[13]

ロザムンドは、幼い頃から両親に甘えることもままならず自立を求められ、一人で生きていくために自らを守る「防御の鎧」を創らなければならなかった。これが異性関係においては「ハミッシュ・パターン」(p.7)であり、「方法」(p.19)であったのである。子供にとって、人生での最初の愛の対象は母親である。ロザムンドの場合、その母親が女権拡張論者で、自立、平等を唱え、娘より夫を好んで、彼女は母親に「裏切られ、騙され、捨てられた」という思いを抱いている。[14] それゆえ、今回の両親のインド行きという決断は、両親不在時に娘が非嫡出子を出産したにも拘らず、親として娘の苦境に援助も干渉もすることなく、ただ娘との対峙を冷ややかに躱し、ある意味、ロザムンドを再度見捨てている。ロザムンドは、両親の帰国によって、たとえ精神的・物質的平安は乱されても、両親との真なる対峙、即ち、綺麗ごとの「逃避」ではなく彼らの愛を望んでいるのかもしれない。そして、現在、母として子供を守り生きるためには、忍耐だけではなく自己主張をすることが必要だと悟ったロザムンドは、今なお自己犠牲を重んじて、他者との摩擦を避ければ無垢に生きていけると信じている両親を「子供」(p.145)だと捉えている。

こうして、ロザムンドは母として生きていくためには社会との摩擦も自己主張も必要だと悟り、両親の道徳観に疑問を呈すると共に、その道徳観から距離を置いて生きていこうとする。

三・五　ロザムンドの変容とは

両親の紳士的道徳観に影響を受け、自己犠牲に傾いていたロザムンドが、母になることで両親とは異なった生き方を呈し始める。様々な点で、ロザムンドは変容、若しくは、成長したように見えるが、オクテイヴィアの誕生が彼女に真の意味での変容をもたらしているのかを考えてみる。

文学研究が彼女の人生で唯一の現実だったが、ロザムンドは偶然の性交渉から思いもかけない妊娠、そこから派生した出産とオクテイヴィアの誕生を通して、今まで無縁だった世界と接触することを強いられ、世の中の現状に目を開かざるを得ない。こうした接触を通して、ロザムンドは社会の矛盾、不条理を知ると同時に、人は他者の援助なしでは生きていけないことも悟り、妊娠以前の彼女の性質とは異なった性質を多々表す。ロザムンドの表面的変化は認めることができるが、娘の誕生でロザムンドの他者との関係は本当の意味で変化しているのであろうか。オクテイヴィアの父親ジョージとの関係から探ってみる。

ジョージとの思いもかけない初めての性交渉、その後、一度の関係にも拘らず妊娠したロザムンドは、彼と再会することもなくオクテイヴィアを出産し、運命の日から二年の歳月が流れる。その間、ロザムンドは彼への思いを時々募らせては耐えていると言うが、実際には、彼に出会いそうな場所を訪れるのを避け、自ら、積極的に再会の可能性を探ろうとはしていない。性交渉後のジョージの否定的言動を反芻して、自己犠牲を美徳とするロザムンドの生き方ゆえの反応であろうが、会おうと思えば会える相手との対峙を避けようとする彼女の姿勢には両親の道徳観と同様のものを認めることができる。

そうしたロザムンドが、クリスマス・イブにオクテイヴィアの風邪薬を求めて出掛けた薬局で、二年の空白の後、ジョージに再会する。彼との偶然の一夜がロザムンドに妊娠とオクテイヴィアの誕生をもたらし、その後、オクテイヴィアの先天的な病による感情的高まりや苦悩もあったが、ロザムンドは全てを独りで耐えて生きてきた。オクテイヴィアが誕生することで、両親の道徳観を離れ自己の感情を表し始めたロザムンドではあったが、彼女は再会の驚きと共にただ微笑むだけで、ジョージへの押し寄せる思いをその場で押し殺そうとする。そして、再会したジョージを自分のフラットに招いたものの、ロザムンドはオクテイヴィアの年齢を偽ることで父親がジョージ自身であることを悟られないようにしたり、彼との関係の時にはすでに妊娠していたように事実を捏造して、その後の彼との再会を拒む理由が自らにあったふりをする。更には、ロザムンドは彼への思いに揺れながらも、彼との親交を深める最後のチャンスに次のように反応するのである。

わたしは今にも大声で泣きだしそうな気がした。椅子の腕にしがみついて、彼の前に跪きたくなるのをこらえていた。彼の愛を、彼の許しを、憐みを、何でもいいから彼をわたしのそばにつなぎとめてくれるものを与えてくれて、税金の申告書しかない孤独、彼のいない淋しさから救いだしてくれと哀願したいのを。頭の中には、ジョージ、あなたを愛しているわ、とか、ジョージあたしを棄てないでといった言葉が、つぎからつぎへ湧いてくるのだった。こういう言葉を一つでも吐きだしてしまったらどうなるだろう、とわたしは考えていた。(p.170)

この期に及んで、「わたしたちのどちらかが相手に近づいていかなければ、わたしたちは離ればなれになるほかはない」(p.168)という意識を持ちながらも、やはりロザムンドは自己の感情を抑制している。そして、オクテイヴィアを眺めるジョージを目の当たりにして、ロザムンドは「もう遅すぎたのを、あまりにも遅すぎたのを悟った。わが子にたいするほどの愛情を誰かに感じる力は、わたしには、もうまったくのこっていなかった。ジョージに感じる、戸惑ったような、発作的な光の輝きとくらべて、目の前のオクテイヴィアが放っている光は、これからどんなにぎらぎらした光に出会おうとも負けることのない光だった」(p.172) と感じる。即ち、ロザムンドは、今後、自身の愛情が分身であるオクテイヴィアにしか向かないことをここで悟るのである。スピッツアーは、ロザムンドのオクテイヴィアへの愛は、ジョージも含めて他の男性からロザムンドを引き離し、ロザムンドはオクテイヴィアを他者への愛、性欲をそらす盾とし、それらの問題を解決していると述べている。[15]

スピッツアーが指摘するように、『碾臼』の結末部でロザムンドにとってオクテイヴィアへの愛だけを確信し、それ以外の者への愛には否定的な姿勢を表している。ロザムンドはオクテイヴィアを除いて、一番身近に感じられる他者は、オクテイヴィアの父親ジョージのはずである。[16] しかしながら、オクテイヴィアの存在が一層彼女の異性への愛を弱めるものにしてしまったようである。オクテイヴィアの誕生を経て、思いもかけず巡ってきたジョージとの再会で心が揺れながらも、ロザムンドは自らの感情を表そうとしない。そうした彼女が、今後も、他者との関係に変化を生じさせる可能性は少ないと思える。これについて、ロウズも次のように語っている。

もし母親になることがロザムンドの人生において意味ある展開ならば、そのことはオクテイヴィアとばかりでなく、一般の人々と彼女の関係に影響を与えることになるだろう。しかしながら、『碾臼』の初めより終わりにおいて、ロザムンドが真なる親密性の可能性に著しく近づいているというしるしはない。[17]

勿論、ロウズと異なって、ロザムンドの妊娠、出産を経ての変化を好意的に受け止めている研究者は存在している。[18] しかしながら、ロザムンドの場合、オクテイヴィアへの愛が異性への愛に勝っているのは確かだと思われる。ドラブルは「母性愛は世の中で最も大きな喜びだと思う。(中略) とても純粋な愛の形だ」[19] と述べているが、愛を知らなかったロザムンドのオクテイヴィアへの母性愛は、まさにドラブルが指摘するとおり「最も大きな喜び」で「とても純粋な愛」である。

妊娠、出産を経て、ロザムンドは様々な点で今までの彼女の性質と異なったものを表出し、表面的には変容したように思える。だが、彼女の他者との関係、特に異性との関係に関して言えば、オクテイヴィアの誕生がロザムンドの異性との関係に変容をもたらしていると結論づけるには難しいものがあると思える。

終わりに

ロザムンドは、社会正義を重んじる両親から依存は「大罪」(p.9) だとする教育を受け、両親とも、兄、姉とも親密な家族関係を構築することなく成長した。彼女の家族関係は、イングランド中産階級特有のものだとも言えよう。長年両親の価値観に影響を受け人生を歩いてきたロザムンドは、いつの間にか自分自身を閉じ込める囲いを作り、他者との親密な関係を築くことなく生きてきた。その彼女が、そうした生き方への現代的な罰のような娘の誕生でその障壁を壊す機会が与えられ一見変容したように見えるが、最終的に彼女は生きる姿勢を変えることはできない。彼女の最大の罪は、他者との絆を軽視したことにある。こうした彼女は初めて愛の対象を得るが、その愛は母性愛としての域からは出ない。そして、娘オクテイヴィアへの愛が強いものであればあるだけ、ロザムンドは他者、即ち、異性への愛に冷めているように思える。ロザムンドはオクテイヴィアの誕生で他者に助けを求めることや自己主張の必要性を学んだはずである。だが、小説の終わりまでに、ロザムンドの異性との関係の在り方に変容をそのまま読み取ることは難しいと思える。

一方、ロザムンドの親子関係を考えてみると、彼女の両親は娘が人生の大きな壁にぶつかろうとも、干渉も援助もすることなく、娘との対峙を避ける選択をする人達である。オクテイヴィアが誕生し自らが守らなければならないものができたロザムンドは、他者との摩擦を避け無垢に生きていけると未だに思っている両親の姿勢を「子供」(p.145) だと批判的に捉えている。とはいえ、長年、自己犠牲の精神でもって人生を歩いてきた両親の生き方や子供に対する愛情表現の在り方が、今後変化するとは考えにくい。兄や姉に関しても、彼らは積極的にロザムンドの人生に関わって生きていこうとしている人達ではない。人は生きている限り、他者との繋がりの中で生きていかなければならない。しかしながら、こうした状況を鑑みると、今後、ロザムンドは自らの愛の不能が招いた孤独感に、オクテイヴィアとの関係を除いては、独り耐えていくしかないであろう。

注

本章は、拙稿「*The Millstone* における現代の罪と罰」(『九州女子大学紀要』第二九巻一号、一九九四年)、及び、「*The Millstone* 研究—Rosamund の変容を巡る一解釈—」(『九州女子大学紀要』特別号、一九九四年) を基に発展させたものである。

(1) Cf. Hisayasu Hirukawa, *Margaret Drabble, The Millstone: Annotated with an Introduction by Hisayasu Hirukawa*, ed. Rikutaro Fukuda (Tokyo: Eichosha, 1980) 5.

(2) Margaret Drabble, *The Millstone* (1965: Penguin Books, 1968) をテキストとし、以後、本テキストからの引用には括弧内にページ数を記す。尚、日本語訳は小野寺健訳 (『碾臼』、河出書房新社、一九七九年) を参照させて頂く。

(3) イングランド中産階級の特徴として、その個人主義的職業 (専門職、高級官吏など) の性質から、伝統的に独立心の強い個人主義の傾向がある。親子といえども、個を尊重し、ある年齢に達すると子供は親から独立して別々に生きていくのが一般的であり、高齢の親が子供の生活を重んじて、子供に会うこともままならないという現実も存在する。ポール・スノードン・大竹正次、『イギリスの社会—「開かれた階級社会」をめざして』、早稲田大学出版部、一九九七年、六五—六六頁参照。

(4) ロザムンドの両親が自分達の恵まれた環境に罪悪感を覚えているのは、彼らだけに目立った傾向ではない。中産階級出身者の多くは、自分達の社会的に恵まれた環境に後ろめたさなどを覚え、社会奉仕活動に従事したがる傾向がある。スノードン・大竹、六六頁参照。

(5) Valerie Grosvenor Myer, *Margaret Drabble: Puritanism and Permissiveness* (New York: Barnes & Noble Books, 1974) 29.

(6) ロザムンドの両親には、彼らの社会主義者としての主張とその生き方の間で若干の矛盾も見受けられる。例えば、彼らは富裕の罪を免れたいといった意識を抱いているが、彼らがフラットを所有するオックスフォード・ストリート界隈は、ロザムンドもそこに居住していることに安堵感を覚えるような高級住宅地である。また、ロザムンドが八、九歳の頃、家に家政婦がいることを出身階級が異なる同年代の子供達に知られることに恐怖感を覚えているが、実際に、家には富を象徴する家政婦がいたのである。これらは、ロザムンドの両親の社会的信条と生き方の矛盾を表す一例であろう。

（7）カトリックから分派したイギリス国教会が主流のイングランドにおいて、一九六〇年代、未婚の男女がホテルの一室で一夜を共にするということは、社会的にも、宗教的にもタブー視されていたので、ロザムンドは夫婦を装う必要性があったのである。

（8）本作品が執筆された一九六〇年代前半のイングランド社会は、第二波女性解放運動が活発化する直前で、新しい時代とはいえ、まだ性の解放という状況ではなかったと思われる。ヴィクトリア時代には、結婚において女性は処女性を重要視されていたが、家父長制が依然として存在していた一九六〇年代前半のイングランド社会でもそうした価値観は残存していたと思う。事実、当時を振り返って、ドラブルは、自分達世代は性的関係を持つと結婚しなければならないと考えていたと述べている。Cf. Miho Nagamatsu, "Changes in Writing Methods and Points of View: A Conversation with Margaret Drabble," *Bulletin of Kyushu Women's University* 49.1 (2012): 232-233.

（9）Cf. Ellen Cronan Rose, *The Novels of Margaret Drabble: Equivocal Figures* (London and Basingstoke: Macmillan, 1989) 15-16.

（10）キリスト教国でない日本では、一九六〇年代でも人工妊娠中絶は宗教的拘束がなくその理由も拡大解釈されるところがあったので、比較的容易に行えたが、一九六〇年代当時、イギリスでは医療機関での人工妊娠中絶は認められていなかった。イギリスで人工妊娠中絶が認められるようになったのは、一九六〇年代後半の一九六八年であった。小泉英一、「妊娠中絶と最近の各国立法」、八頁、二〇一七年九月十五日アクセス、<http://id.nii.ac.jp/1410/00007224/> 参照。

（11）イギリスでは、地域によって若干サービス内容などが異なるが、医療はＮＨＳ（National Health Service、北アイルランドのみ名称が異なる）によって無料か僅かばかりの負担で受けることができる。但し、ＮＨＳ制度を利用する人々は貧困層の間で多く、また、診察までの待ち時間が長いため、富裕層は自ら保険を掛け、プライベートと呼ばれる医師による医療を受けることを希望する者も多い。

（12）ロザムンドは他者との関係を軽視して、その時々で自らに都合の良い異性の友人を求めてきた。現在と異なって、一九六〇年代に未婚の母親になるということは、西洋社会とはいえ社会的に許容されていなかった。それゆえ、ロザムンドが一度の情事で妊娠したことは、希薄な人間関係しか求めてこなかった彼女への一種の罰と捉えることができる。

（13）Susan Spitzer, "Fantasy and Femaleness in Margaret Drabble's *The Millstone*," *Novel: A Forum on Fiction* 11.3 (Spring 1978): 232. 尚、日本語訳は拙訳である。

（14）Cf. Spitzer 236.

（15）Cf. Spitzer 239.

（16）イングランド中産階級の人々は、伝統的に個人主義がその生活の根底にあり、親子と言えども、他者との関係同様に、距離を置くのが普通である。彼らにとって、唯一互いの距離を狭めて交流できる関係が夫婦関係だと言われている。アラン・マクファーレン、『再生産の歴史人類学――一三〇〇～一八四〇年英国の恋愛・結婚・家族戦略』、北本正章訳、勁草書房、一九九九年、二一〇頁参照。

（17）Rose 18-19. 尚、日本語訳は拙訳である。

（18）N・S・ハーディン（Nancy S. Hardin）は比較的好意的に妊娠、出産を経てのロザムンドの変容、成長を受け止め、「ロザムンドは愛することを学ぶ」と述べている。Nancy S. Hardin, "Drabble's *The Millstone*: A Fable for Our Times," *Critique* 15.1 (1973): 25.

（19）Diana Cooper-Clark, "Margaret Drabble: Cautious Feminist," *Critical Essays on Margaret Drabble*, ed. Ellen Cronan Rose (Boston: G. K. Hall & Co., 1985) 28.

第四章　『滝』（*The Waterfall*, 1969）における両義性と語りの変化

はじめに

　一九六九年刊行の『滝』は、一九六〇年代最後のドラブルの作品である。ケンブリッジ大学でリーヴィスの指導を受けたドラブルは、当然のごとくイギリスの伝統小説を意識し、その流れを汲む作品を産み出してきた。E・ショーウォルター（Elaine Showalter）は、「現代イギリス女流小説家の中で、マーガレット・ドラブルが最も熱烈な伝統主義者だ[1]」とも言っている。ドラブルの初期の作品は、オースティンやエリオットらと類似した作風で知られている。また、一九六〇年代の作品では、ドラブルは若き女主人公達の自己確立の過程を中心に描き、一種の「ビルドゥングスロマン」を展開している。『滝』でも、二十八歳の若きジェイン・グレイ（Jane Gray）を主人公として、ドラブルは人生における彼女の精神的葛藤と成長を描いている。

　ドラブルは一九六〇年代に五作品を刊行しているが、当時二十代の若き作家は日常性にテーマを求め、本書の第二、三章で見てきたように初期の作品では比較的平易なものを書いている。それを証明するかのように、彼女

の最初の三作品では、通常、一人の人間の個人的経験や視点に基づき、大局的視点から物事を捉えて語ることが難しいと言われている一人称の語りが採用されている。こうした初期の作品の平易さや視点の狭さに気づいていたのか、ドラブルは第四作目となる『黄金のイェルサレム』(1967)では三人称の語りを採用している。ロウズは、一人称の語りに比べて三人称の語りでは、視点の広がりが期待でき、イメジャリーや暗喩などの文学的技法を用いることが可能になると述べている。(2) 第四作目で、一人称ではなく三人称の語りを採用することによって、ドラブルは前三作の平易さに多少の複雑さを加え、作品に深みを与えようとしていたようである。そして、第五作目の『滝』になると、ドラブルは一人称と三人称の語りを交錯させるという文学的技法を用いている。

ドラブルは創作活動の初期において、自らの作家としての姿勢を次のように語っている。

私は、五〇年後に人々に読まれるような実験小説は書きたくありません、(中略) 私が嘆き悲しむ伝統の初めにいるよりも、私はむしろ私が賞賛する滅びゆく伝統の終わりにいたいのです。(3)

新鋭作家としてのドラブルのこの言葉は、一九二〇年代に流行したジョイスやウルフら実験小説家の作品を念頭に置いての言葉であることは間違いない。ジョイスらの実験小説が難解で、一部の知識人を除いては不評であったことを認識していたドラブルは、恩師リーヴィスの影響もあって、自らの作家としての姿勢が実験小説家達とは一線を画していることを明確に語っている。それに呼応するように小野寺健は、「彼女のテーマがジョイスを典型とする文学の系譜に一応の終止符を打ち、ふたたび社会性の回復を色濃く打ち出した戦後の英国小説の方向に加担していることは明らかであろう」(4) と述べている。

それでは、『滝』において、ドラブルが一人称と三人称の語りを交錯させるという若干の文学的技法を採用する必要性は何だったのであろうか。実験小説に否定的見解を表した頃の作品において、多少とはいえ文学的技法を用いるには作家側にそれなりの理由があったはずである。この章では、作品の特徴からドラブルが一人称と三人称の語りを交錯させている理由を考えていく。

四・一　作品の持つ両義性

四・一・一　"drowning"（溺れる）[5] の持つ両義性

『滝』では、作品内の様々な事柄について、両義性を認めることができる。先ず、両義性の例として、作品の冒頭で目にする"[d]rowning"（p.5）[6] の持つ両義的意味合いを考えてみる。

ドラブルは、自らの小説のプロローグにしばしば有名な文学者の詩を引用している。『滝』では、E・ディキンソン（Emily Dickinson, 1830-1886）の詩が引用されている。

溺れるということはそれほど憐れではない、
浮ぼうとする試みに較べれば。
三度だった、溺れる男がいった
空に向って浮び上ったのは、と。
それから永遠にあのいやらしい
人間の棲家をおさらばしたのだ、
そこで希望と彼とは別れる、（p.5）

E. ディキンソン（Emily Dickinson, 1830-1886）

この詩には、逃れられない不幸な運命と不毛のイメージがある。こうした希望のない世界がプロローグで紹介された後に、作品は主人公ジェインの「たとえ溺れかけていたとしても、助かるために手一つのばす気にもなれないだろう、わたしはそれほど運命にさからうのがいやになっていた」(p.7)という言葉に引き継がれる。読者は、ジェインの言葉に暗澹さ、受動性、流され続けるだけでしかない彼女の現状を感じる。これらは精神的死の状態を表し、ジェインはそうした運命(fate)に抗する意志はないと言う。ある意味、ジェインは自暴自棄的に生きているのである。新しい生命を誕生させる、本来ならこの上なく喜ばしい出産という経験を経ようとしている彼女が、自らの人生にこれ程まで自暴自棄になっているのは、夫マルコム(Malcolm)がジェインの妊娠中に家を出てしまい、彼女は失意の中で第二子を出産しなければならない窮状に追い込まれているからである。しかも彼女は、マルコムの家出を両親に知らせてはいないので、出産に際して、両親からの精神的、物理的援助を期待することができず、唯一、自分の現況を理解している従姉のルーシイ(Lucy)夫妻を頼るしか術はないのである。

作品冒頭の前述した二つの引用で、ドラブルは二度、“drowning”(溺れる)という言葉を用いている。プロローグの詩とジェインの言葉のイメジャリーから、この“drowning”という言葉は、死、即ち、精神的死に結びついていることが分かる。それゆえ、そのような運命にジェインが抗う意志がないということは、今後、精神的死の世界が彼女を待っていることを意味している。実際、ドラブルはこれに続く数ページを精神的死の状態にあるジェインの様子を描くことに費やしている。

前述したように、第二子出産直後、ジェインはルーシイ夫妻の精神的、物理的援助を得て、日々を過ごすわけであるが、最初は夫婦そろってジェインの自宅を訪問していたルーシイ夫妻は、ジェインの出産から時間が経過するにつれて、時間差で交互に彼女を訪問し、彼女の世話をするようになる。そうした状況が続く中で、ジェインとルーシイの夫ジェイムズ(James)は二人だけで過ごす時間が増えるようになり、彼らの間には男女の愛情が芽生え始める。全体で三三セクションに分かれている『滝』の四番目のセクションの終わりで、「今、彼女はそこに横たわり、自ら求めてこの海のなかへと**溺れ**込んでいったのだ」（ゴチック体引用者）（p.45）という場面がある。これは、出産間もないジェインがジェイムズという新しい恋人を見つけて、初めて愛の行為を営む場面でのことである。ここでは、原書では"drowning"の派生語、"drowned"という語が用いられているが[7]、作品冒頭の"drowning"が示唆した死の臭いはない。というのは、この"drowning"は男女の性交渉の説明として用いられており、それは愛、情熱などに関係しており、作品冒頭の死のイメジャリーからはほど遠いからである。そして、ここでの海（sea）、即ち、水はジェインの精神的再生[8]、活力をもたらす生命の水を意味している。

次に読者が"drowning"という語を目にするのは、七番目のセクションの終わりである。

これが完全な愛というやつなのだ。（中略）わたしはここに横たわり、**溺れ**きり、波にのまれきって、ひたすら彼を待ち、あの見慣れぬ、しかも身近かなベッドの白いシーツの海のなかで流れてゆくわたしたちの肉体の大海原のなかに**溺れ**死ぬことをひたすら待っているだけなのだ。（ゴチック体引用者）（p.67）

前記引用は、先の最初の愛の行為から二人の関係が発展していることを示唆している。二人の状況から判断して、ここで「溺れる」とは愛の世界に耽ることを意味しているのである。更には、"drowning"に関係する次のような場面がある。

彼女が彼なしに永遠に死ぬのではないかと思ったその瞬間、彼女もまた落ちはじめた。苦しみ、苦闘しながら。だがやっと落ち、落ちてゆくことができたのだった。彼の方へと落ち、ついにあの下の彼の腕のなかで、彼と会い、なかば死にながら、死なず、震え、おののき、ずぶぬれになり、**溺れ**ながら、彼に叫びかけ、ついに、あの上の彼女だけの高みでなく、ここ、水の中で**溺れ**死んでゆくのだ。（ゴチック体引用者）（p.150）

ここでの"drowning"のイメジャリーは、先の愛のイメジャリーに他ならない。作品の冒頭では、精神的死の状態にあるジェインの状況に呼応して、"drowning"は死という否定的イメージと結びついていたが、ジェインとジェイムズの関係が発展するに従って、"drowning"は愛のイメージと結びつき、生という肯定的イメジャリーを表すようになる。こうして、作中、"drowning"は相反する二重のイメジャリーを持つようになる。

また、我々読者は"drowning"という語と共に、「水（water）」、「海（sea）」、「大洋（ocean）」など、水と関連する語をしばしば目にする。プロローグの詩では、こうした水を表す語は用いられていないが、"drowning"、"sinking"という語が水のイメージを彷彿させる。そこでの水のイメジャリーは溺死させる水のイメジャリーで、死と結びついている。そして、ジェインとジェイムズの関係が発展し、最初の性交渉時に用いられる「海（sea）」(p.45）は、生命の水を表している。その後、二人の関係の発展に従って、これらの語は"drowning"と結びつき、愛の象徴となっている。このように『滝』において、ドラブルはイメジャリーと象徴を用いて、それらに相反する二重の意味を負わせている。

四・一・二　ジェインとジェイムズの関係の両義性

『滝』は、表面的には不倫をテーマにした小説である。そうしたテーマからすると、ジェインとジェイムズは彼らの道外れた関係ゆえに精神的苦悩を負うのが当然である。しかしながら、ジェインはジェイムズとの関係を通して、幸福感を得て、ある面では人間的に成長もしている。前述したように、ジェインはジェイムズという新しい恋人を得る前は、マルコムとの結婚生活に疲れ、生きる希望を失っていた。その彼女が、ジェイムズの存在を通して再び生きる希望を見出したのである。そうした点からすると、我々は一面的観点からのみ二人の関係を捉えることはできない。

先ず、ジェインとジェイムズの関係の建設的な点を考察してみるが、その前にジェインとマルコムの結婚生活の現状を知る必要があると思われるので、その点を考えてみる。

ジェインとマルコムの付き合いは、ジェインがリサイタルに招待され、その後のパーティでその場の雰囲気に溶け込んでいなかった音楽家のマルコムと礼儀上、会話をしたことに端を発している。当時、マルコムには交際した女性など存在せず、一方のジェインもまだ性的経験はなかった。こうした二人の状況や一年後の婚約時においても、彼らがまだ性的関係を結んでいなかったことは、結婚生活において性的に相容れないという彼らの今後を暗示する重要なことである。二年の交際後に、彼らは結婚をするが、ジェインはその結婚理由を「彼なら安全だと思った」(p.85)と説明し、更に、「孤独」(p.92)によって自分達は結びついたと言う。親子関係が上手くいっていなかったジェインは、この結婚によって「両親の娘としての宿命」(p.94)から逃れ得たと考えていたが、結婚式ですでにジェインは、「予見できないほど重大な未知の災厄」(p.98)に向かって歩いていたのである。愛ではなく「安全」を求め、自らの親子関係の不幸も理由となって親への反発も込めて、ジェインは下層中産階級出身のマルコムと結婚をするわけであるが、こうした結婚に陰りがさすのは予想できたことである。

愛というより現実逃避の手段として結婚を選択したジェインは、マルコムが初めての性交渉の相手であり、結婚後は、マルコムとは性的に相容れない。マルコムの方も一度ジェインが自分のものになると、彼女を欲しようとはしない。ジェインは婚姻の事実にも拘らず、性の秘密を知ることによって自分が壊れるのではないかと恐れ、「修道女」(p.77)のように自らの「処女性」という概念にしがみついている。更に、最初の子供を流産した後は、ジェインのこの恐怖感は「性的不感症」(p.100)へと発展する。ジェインとマルコムとの結婚生活が暗礁に乗り上げるのは、彼らの性的不一致だけによるものではなく、もともとこの結婚が愛に基づいていなかったことや夫の仕事へのジェインの無理解、家事能力の欠如などという複合的理由に依る。しかしながら、二人が性的に相容れないということは大きな要因である。

マルコムとの結婚生活において、自らの女という性を否定し子供を持つことすら恐れ、性の秘密を知ることの恐怖感から「性的不感症」へと陥ったジェインが、ジェイムズという新しい恋人との関係では今までとは異なった反応をする。マルコムの家出、それに続く孤独感の中で出産を経たジェインは、出産後、優しく接してくれた従姉の夫ジェイムズに対して恋心を抱き始めるが、彼女が愛の行為でもっとも恐れていたものの一つが「湿り気」(p.45)であった。だが、そのジェインが、汗と血まみれの産褥のベッドでのジェイムズの存在を許容できているのである。産後の治療に必要な六週間が過ぎてからのジェイムズとの初めての愛の行為で、マルコムとの関係では「性的不感症」に陥ったジェインが今や「自ら求めた海」(p.45)で溺れるのである。ここで溺れるということは、耽溺である。二人の関係は、産後間もないジェインが避妊薬を飲み続ける程に発展し、女であることを拒否していたジェインが女であるという性に喜びを覚え始める。ジェインはジェイムズによって性的に解放され、ロウズはこれをジェインの「女性としての成就への解放」[9]と述べている。更に、他者との交わりを厭っていたジェインが、ジェイムズのおかげで外出したり、他者と関わる活力をゆっくりと取り戻していく。実際、彼女は外界と接触しようと試みるし、ジェイムズは彼女の生きる動機づけとなる。こうした点から考察すると、二人の関係はジェインを女性として解放すると共に彼女に「生」をもたらし、彼女の「再生」(p.151)や「復活」(p.176)と結びついている。ジェインは絶望、無気力状態を経て、マルコムとの間では経験できなかった愛を知り、人間的にも成長する。しかしながら、我々はこの関係がもたらすもう一つの面を否定することはできない。

小説の冒頭で、ジェイムズの性質の「従順さ」(p.12)に反する彼の危険な風貌が語られている。彼は「ひどく危険な感じで、何か差しせまった恐ろしい大災害をひきおこすきなくさい黄色の硫黄のような雲が身のまわりに立ち込めているという感じの男だった」という説明である。これは、ジェインが重視したマルコムの安全さとは相反するジェイムズの性質である。ジェイムズには、はっきりした職業がなく、彼の関心事は「危険の追求」(p.76) に繋がる車やオートバイである。ジェイムズはジェインを「脅やかし、苦しめ、彼のために苦しませるため」に連れて行った自動車競技場の「危険な硫黄の燃えるような臭」(p.77) を好んでいる。ジェイムズの祖先はノルウェーの出身であるが、中世の伝統では、北は堕落した天使の出身地である (イザヤ書一四章一二—一三節との関係)[10]。二人の関係について言えば、マルコムとの凍てついた夫婦関係を経て、ジェインがジェイムズとの関係で性的に解放されているとしても、ベアーズは彼らは「激しい性的興奮」以外何も共有しておらず、そのことはジェインの「孤独感」を高めていると指摘する[11]。これらのことは、ジェイムズが穏やかそうな表情の下に危険な破壊的性質を持っていることを示している。実際、ジェイムズはジェインに「ぼくに殺させなさいよ」(p.73) というような言葉を発し、ジェインも「彼に対する愛で病気になりそうだった」(p.60) とすら感じ、彼の破壊的性質を認識している。彼らの関係は、たとえこの恋が道外れた恋でなくても、ジェイムズの性格に基づく危険性を孕んでいるのである。その上、彼らはどちらも既婚者なので、道義的問題が存在している。ジェインはお互いの家族、自らの罪、そして、ジェイムズとの関係が自らの子供達に与えるであろう影響を考える時、苦悩に苛まれている。彼女自身が「あたし、あなたが欲しいの。でもできないでしょ」(p.73) と言うように、彼女は自分達二人の将来に希望を持つことはできず、常に不安定な恋に苦しまなければならない。更に、この情熱的な恋は、避妊薬の服用により彼女の生命に危険を及ぼすことすらも強いているのである[12]。現在、ジェインが二人の関係に幸福感を覚えているとしても、それは「裏切りの平和」(p.72) にすぎない。実際、ジェインのある部分はこの関係を「破壊」(p.150) と捉え、「激しい結末」(p.177) を伴うだろうことを予測している。こうして、ジェインはジェイムズとの関係に肉体的、精神的苦痛を経験せざるを得ないのである。

以上考察してきたように、ジェインとジェイムズの道ならぬ恋には、ジェイン側からだけでも、彼女の不幸な結婚生活、孤独感、そして、精神的弱さ等々の理由が介在している。これら全てが相互作用をし、彼女を禁断の恋に陥らせている。その結果、ジェインは再生と苦悩という明と暗の二面を経験しなければならない。

四・一・三　運命と自由意志という両義性

ロウズは、「運命（fate）はマーガレット・ドラブルの作品に行き渡る言葉であり、概念である[13]」と述べている。この言葉を証明するかのように、ジェインはしばしば、運命（fate）、或いは、宿命（doom）という観点から物事を捉えている。小説の冒頭、ジェインが自分の人生を運命によって定められたものとして受けとめ、服従しているのもジェインのこうした姿勢を示唆している。しかしながら、我々はジェインのこのような運命に対する姿勢は矛盾に満ちたものであると分かる。この項では、ジェインが運命と自由意志という両義的概念でジェイムズとの関係を捉えようとしていることを考察してみる。

小説の冒頭で、ジェインが運命への完全なる服従を表明した後に、ジェインとジェイムズの関係は始まる。ジェインは運命に服従することで、二人の関係に行き着いたと述べているが、これはジェインの一面的感情からの表現にすぎない。というのは、ジェインはマルコムを自身から遠ざけることで運命に手を貸し、不毛の生活から抜け出るために、「救済の機会」（p.152）を自らが意識して摑んだことを認めているからである。ジェインは次のように述べている。

> 救われる機会があたえられた時、わたしはそれを取り、自分さえ陸につければ、誰が溺れようとかまわなかったのだ。（中略）選択などということは問題になり得なかった。（中略）せざるを得ないことをしただけだった。（p.152）

冒頭でのジェインの受動性に反して、ここにはジェインの意志が介在することがわかる。(14) 更に、これがジェインがジェイムズとの関係に関して自らの意志を表す唯一の時ではない。ジェイムズとの関係が深まり、彼の祖先の出身地ノルウェーへ旅立つ三日前にマルコムがジェインへ帰宅の意志を伝える電話を掛けて来るが、ジェインはマルコムを頑なに拒否する。ジェインは、これはかつてマルコムとの間で「性的不感症」(p.100) に苦しんだ自分の、彼の恋人に対する「性的嫉妬」(p.175) からだと説明しているが、ジェイムズとの「束の間の将来」を保持したいというジェインの願望にも依っていることは否定できない。また、ノルウェーへ向かう途中での自動車事故で重篤な状態に陥ったジェイムズを前にして、ジェインは「彼が死ぬことを拒否しつづける」(p.190) と言う。ここでは、ジェインの強固な意志、即ち、運命への抵抗を感じることができる。そして、これはジェイムズの生存への真なる心配からというよりも、ジェイン自身の生きたいという願望からのように思える。というのは、ジェインは同じ瞬間に「彼が死んだらもうどうやって生きていいのかわからないであろう、わたしの生存は彼の生存に依っている」と認識しているからである。ジェインは、ジェイムズを自分の生きる目的として捉えているのである。

人が積極的に生きたいと願うのは通常のことであり、運命への服従を表しているように思えるジェインも例外ではない。それゆえ、冒頭でのジェインの運命、即ち、精神的死の状況への服従は、彼女の一面的な感情が表出しているにすぎないのである。

ジェインはジェイムズとの関係を考える時、運命論を持ち出そうとしているが、この姿勢は一貫しておらず、様々な矛盾を含んでいる。その矛盾を考察してみる。

最初、ジェインはジェイムズとの関係について次のように説明している。

わたしがジェイムズが（ママ）好きになるだろうということは、話の成りゆきからいって当然わかりきっていたことだ。あんなにも途方にくれ、孤独で、見捨てられ、苦しんでいた時に、わたしに愛情を示してくれた男に、わたしが愛情以外の何を感じることができただろう。わたしが彼を愛したのは、避けがたい、どうしようもないことだったのだ。(p.49)

ジェインは、ジェイムズとの関係が孤独と必然性から生まれたものだと述べている。だが、そうした説明の直後に、「それは一つの奇蹟でおどろくべき運命の一撃だったのだ」(pp.49-50) と先の孤独と必然性という現実的理由を否定し、ジェインは二人の関係の運命性を主張して、初めて運命という観点から二人の関係を捉えている。それから、「ジェイムズがわたしのそばに横になっていた時、必然もまたわたしのかたわらに横になっていたのだ」(p.50) とジェインは述べ、再度、二人の関係が現実的理由に基づくものだと主張する。[15] 我々読者は、ジェインの主張が一貫性を欠いたものだと考えざるを得ないが、更に、彼女は次のような現実的説明を続ける。

互いの自棄が二人を結びつけ、二人の失敗の過去が二人を一緒にしたのだった。(p.205)

必要と弱さ、それがわたしたちを結びつけたということ、それはほんとうかも知れない。しかし、それはわたしたちを見事に結びつけたのだ。(中略) ジェイムズとわたしが出会った時、わたしたちは二人とも飢えていた。からからに干からびきり、飢えきっていた。(p.208)

こうして、ジェインはジェイムズと恋に落ちた理由として、孤独、弱さ、必然性を繰り返し挙げる。ジェインの度重なる類似の説明に、我々読者は二人の関係は現実的理由、即ち、二人の意志からなのだと結論づけようとするが、再度、ジェインは二人の関係に運命論を持ち出す。

人間というものは前もって運命がきまっており、変えようもない、ひたすら運命の手に支配されているもののような気がしていたのだ。（中略）わたしはオディプス王のように、おのれの運命をさけることを求めて、かえって己れの運命に出会ってしまったのだ。裏切りの罪をさけようとし、かえって、わたしはそれを抱きしめることになり、その不可避性をわたしに押しつけることになったのだった。（p.227）

ここで、ジェインは二人の関係に運命の支配を当てはめる。ジェインが運命という観点から物事を捉えるのは、ジェイムズとの関係に限ったことではなく、彼女はマルコムとの結婚時においても運命の支配について語っている。こうした点から分かることは、ジェインが人間は運命の前では無力であり、運命は予め決められており、避けることはできないので、運命に抗うのは無駄だと考えていることである。[16] こうした彼女の考えは、「神の摂理」（p.185）という彼女の概念や「われわれを摑えている力に対抗して人間がいかに努力をしようと空しいものである」という彼女の考えと同種のものである。

だが、ジェイムズとの関係に関するジェインの運命の支配という考えは長くは続かず、彼女はまた次のように言う。

わたしがひとりで暮らし、たったひとりでそこに横たわっていたということも事実だし、話す相手もなかったということも事実だし、また誰か人に逢う勇気もなかったのも、こういったことはすべて事実なのだ。（p.228）

ジェインは運命の支配を否定し、再度、現実的な理由を持ち出している。このように、ジェインは自由意志と運命の支配との間で何度も自説を翻し、最後に次のように付け加える。

この信念そのもの、この抜きがたい、しかも今までいったわたしの予定説とまったくそぐわない信念もまた、わたしの一部で、それがジェイムズのことや、あの激しい動揺の予兆だったのである。わたしがああいった事件［出来事］を予想しなかったならば、そういったことは起こらなかったろう。（中略）こういったことは、何もない平野には起こりうることではなかったのだ。だからこそ結局のところ、すべてのことはやはり前もって決まっていたということになる。（p.229）

ジェインは、人間の意志と運命の支配の二つを認める心情が存在することを吐露している。ジェインによると、人間の意志と運命観は彼女の中で共存するのである。これが、ジェイムズとの関係に対する度重なる捉え方の変化についてのジェインの説明である。最後にジェインは、自由意志と運命のどちらも認める彼女にとって都合の良い説明を行う。このことも彼女の曖昧性、即ち、二面性、若しくは、分裂を示唆していることを否定できないであろう。

四・一・四　結末における女性性と男性性という両義性

本作品の結末を女性性と男性性という両義的視点から考えてみる。

作中、ジェインは悲劇的結末は男性的で、喜劇的結末は女性的だと見なしている。このことに鑑みると、ジェインが小説の終わりで「女性的な結末?・」（p.231）と言及するように、『滝』は女性的結末のように思える。というのは、死は悲劇的ロマンスや男性支配型の文学伝統における不倫小説の典型的結末であるが、ジェイムズはノルウェーへの道中での自動車事故で重体に陥りながらもその生命の火が消えることはなく、ジェインとジェイムズは二人の関係が互いの配偶者に発覚しても、自殺でもってその関係を清算するのではなく、関係を持続している。それゆえ、我々読者は結末に何の悲劇性も見出せず、この結末は一見女性的結末に見える。

S・フロイト（Sigmund Freud, 1856-1939）によると、流動性（形がないこと）は女性性に結びついていて、固形性（形があること）は男性性に結びついている。[17] E・H・スコラー（Eleanor Honing Skoller）は苦悩は受動性であり、受動性は女性性に、活動性は男性性に結びついていると一般的に捉えられていると述べている。[18] ジェインの苦悩の選択、即ち、ジェイムズとの関係の持続以外、「最後のヴィジョン」（p.186）も「窮極の啓示」もないという結末を二人の説に当てはめると、ジェインが言及するように小説の結末は女性的なもののように思える。更に、『滝』がその結末と思える自動車事故からのジェイムズの回復で終わらず、その後、ヨークシャーへの二人の旅や追記が存在することで、スコラーは詩人であるジェインが精通している終わりから二番目、或いは、三番目の音節に強調を置き、しばしばその後に余剰の音節を必要とする作詩法の女性的結末に似ていると言う。[19] ここまで、本作品の結末における女性的要素を考察してきたが、次に結末における男性的要素を考察してみる。

自動車事故の後、ロンドンに戻ったジェインは、ジェイムズの病状や二人の関係がそれぞれの配偶者に明らかになってしまったにも拘らず、悲嘆に暮れることなく、生活のあらゆる局面で積極的な姿勢を示している。例えば、暫くの留守の間にホームレスに荒らされた家を快活に修復したり、ジェイムズに関する自分の詩を出版しようとしたりするだけではなく、性格上、雇用できないと思っていたオペアガールを雇い、外出することを覚える。また、クロイドン（Croydon）の義理の両親を子供達と共に訪問したり、ジェイムズとの関係を持続して建設的に生きている。[20] いまや、ジェインは活動的、且つ、生産的で、愛、仕事、子供を手にしているのである。[21] 小説の最後で、ジェインは「わたしは苦しむことの方を選んでいる」（p.239）と言う。苦悩は女性性と結びついているが、スコラーは「人生の不安定さに取り組もうとするジェインの決意は、受動性ではなく活動性を物語っている」[22] と述べている。スコラーが指摘するように、ここには、人生への服従意識ではなく、人生の苦悩に向き合おうというジェインの意志が存在しているので、彼女の活力、即ち、男性的要素が示されている。

こうして、我々は作品の結末にジェインの両義的要素、女性的要素と男性的要素を見出すことができる。

四・二　両義性と語りの変化

これまで、『滝』という作品の様々な側面における両義的性質を考察してきた。両義性とは一つの事柄が相反する二つの意味を持っていること、即ち、二面的性質を持っているということなので、ある意味で曖昧性を示唆し、両義性は作品を重厚にする一方で損なうことにも繋がっていく。ここでは、そうした両義性と、一人称と三人称を使い分ける語りの変化がどのような関係にあるのか、ドラブルが語りの変化を用いる意図は何だったのかを考えてみる。

『滝』は三三セクションに分かれていて、そのうちの二〇セクションは一人称で、残りの一三セクションは三人称で書かれている。[23] また、作品は、一人称で書かれているジェインの受動性、絶望感を表す冒頭の二行を除いては、三人称の語りで始まり、一人称の語りで終わっている。一人称語りの視点の狭さに気づいていたドラブルは、第四作目の『黄金のイェルサレム』同様、視点の広がりを求めて、この作品も三人称で書き始めたと思われる。しかしながら、作品のメイン・テーマは禁断の恋であるので、作品の焦点は従姉であるルーシイの夫ジェイムズとの恋を巡ってのジェインの心理的葛藤を描くことである。一人称の主観的語りは、登場人物の経験や意識を描くのに効果的な語りである。したがって、ドラブルは三人称の語りで始めたこの作品に一人称の語りを加え、作品のテーマ上、一人称の語りの部分が多くを占めるという結果になったのだと思われる。実際、『滝』の語りの変化について、ドラブル自身も次のように語っている。

私は最初の部分を三人称で書いて、三人称で書き続けるのが困難だとわかりました。何故なら、私には、三人称は全ストーリーを語っているようには思えなかったのです。それで、私は発展させました。[24]

ドラブルが語っているように、主人公ジェインの深層心理を描くためには、客観的に物事を捉えて、それらと距離感を保っているような三人称の語りでは限界があったのである。それで、結果的に、三人称と一人称の語りを交えるという創作上の技法を用いることになったのだと思われる。だが、語りの変化はこれだけの理由なのであろうか。

ロウズは、ドラブルが語りの変化を用いた理由として三つ挙げている。前述したように三人称で作品全てを語ることの困難さ、ドラブルが賞賛している実験小説家D・M・レッシング(Doris May Lessing, 1919-2013)の影響、女性であるばかりでなく女性芸術家であるジェインの内的分裂を表現する形を探るため、である。[25]サルツマン・ブルナーは、ドラブルが三人称の語りに一人称の語りを加えたのは、情熱の私的衝動を強めたり、ジェインの内的分裂やジェイムズとの不倫に関する彼女の道徳的呵責を表すためだと述べている。[26]G・グリーン(Gayle Greene)は、語りの変化はジェイン自身の経験への複雑な反応、即ち、ジェイムズとの恋への「降伏」と「懐疑」を語ることを可能にしていると言う。[27]これらは、いずれも語りの変化に関するそれぞれの見解であるが、これらの見解をよく考察してみると、そこにはジェインの分裂、即ち、精神的二面性を描くためだという共通した理由の指摘が見られる。

四・一において、『滝』という作品を構成する様々な両義的性質について考察した。そこで指摘した両義性の多くは、ジェインの精神的二面性、即ち、内的分裂に関係したものである。そこから推測できるように、ジェインは自らの人生に対して両義的見解を抱く傾向があることが分かる。ジェインが、彼女の内的分裂を顕著に示唆しているものは、ジェイムズとの関係についての彼女の説明である。ジェインは二人の関係が運命によるもの、或いは、お互いの自由意志によるものだと、両者の間で何度も説明を翻し、最後には、彼女にとって都合の良い、その両方によるものであるという説明に至っている。そして、作者ドラブルもそうしたジェインの説明を擁護するような言葉を述べている。

運命は、ある種の偶然性を含んでいるものです。（中略）運命は計画立てられているが、ある独特な方法で偶然的なものなのです。(28)

私は、その種の［フロイトの］運命予定説を信じています。しかしながら、偶然の起こる可能性も信じています。何故なら、常識を持った人は誰でも偶然性を信じているに違いないからです。(29)

前記のドラブルの言葉は、運命と偶然は結びついていて、彼女自身、どちらも信じているということを示している。こうした作者自身の運命と偶然に関する二面的見解が、ジェイムズとの関係についてのジェインの運命と偶然、即ち、自由意志との説明の間で揺れ動く心理に投影されていると思われる。

また、ドラブルは人間の精神性について次のようにも述べている。

私は、自分自身が分裂していると感じています。人は多くの人の書き物にこうしたことを見い出すことができます。（中略）実際、私は全ての人は必然的にそうした矛盾する傾向で一杯だと思っています。(30)

作者自身が、自らも含めて、人間は矛盾する生き物であると述べている。ドラブルのこの考えもジェインの言動の矛盾を支えるものである。文学作品の場合、登場人物の内的分裂が多面的解釈を可能とし、作品を重厚にするために存在するのなら、それはそれで良いことであろう。しかしながら、ジェインの場合、彼女はこの作品の主人公であり、語り手であるので、彼女の語りが作品の方向性を司ることになる。それゆえ、ジェインが曖昧性に繋がる両義的性質を様々な面で表し、彼女の内的分裂が作品のかなりの部分を占めるようになると、作品のまとまりの欠如という問題が生じ、作品の質を損なうことになりかねない。そのこともあって、ドラブルは一人称と三人称の語りの変化を用いたように思える。というのは、ドラブルが語りの変化を用いることで、主人公の矛盾、曖昧性、両義性が説明され易くなるのである。作品が一人の主人公による作品である限り、読者はしばしば変化する説や両義的性質を受け入れるのに困難を伴うが、もう一人主人公が存在するという印象を抱くと、読者はそれらを受け入れ易くなるものである。我々読者は、語りの変化によって、主人公の矛盾や両義的性質が、二人主人公が存在することによって生じたものという印象を受け、主人公の内的分裂への違和感が薄れるのである。

こうして、語りの変化は作品を重厚にするのを手助けしている一方で、ジェインが内的分裂をしているという印象を与えているが、同時に、主人公の矛盾、混乱を薄める手助けをもしているのである。語りの変化という技法自体が、他の事柄同様に両義的意味合いを持っており、ジェインの矛盾、混乱と関連して語りの変化を考えるならば、これは作品の持つ欠陥を補うドラブルの工夫でもある。

『滝』を実験的に書くことは全く私の目的ではありませんでした[31]」とドラブルが述べているように、『滝』執筆に際して、実験小説に否定的見解を抱いていた当時のドラブルからすると、そのような意図はなかったであろう。しかしながら、作品のテーマ上、主観的語りが必要であったことや主人公の分裂した意識の中で作品としての統一感を保つために、ドラブルには最低限の工夫として語りの変化を用いる必要性があったのだと考えられる。

終わりに

『滝』は、テーマとしては日常性に基づいており、そういう意味では前四作と通じるものがある。一九七五年に最初の夫と離婚をしたドラブルは、『滝』を執筆当時、結婚生活に陰りが生じており、ドラブル自身のこうした個人的事情もこの作品の様々な点に反映されている。だが、『滝』は結婚生活の不毛とそこから自己回復をしようとしている主人公の姿に焦点を置くことだけに留まっていない。この作品が大きく前四作と異なっているのは、作品自体は日常性に立脚した「ビルドゥングスロマン」という形態を維持しているが、これまで考察してきたように、若き作家が自身の創作目的を超えて若干の文学的技法を用いていることである。

『滝』において、ドラブルは様々な事柄の両義性を描くことで、主人公ジェインの内的分裂を描くことに繋げている。そして、ドラブルはそうした両義性と語りの変化が上手く呼応するように作品を仕上げている。実験小説に消極的見解を抱いていた当時のドラブルには、自らの主張と執筆している作品の間に多少のジレンマもあったかもしれない。しかしながら、当時の彼女はそうした矛盾を意識するよりも、彼女自身が述べるように、実験的に書くことを意図せずに、作品のテーマとジェインの内的分裂、即ち、両義的性質からたまたま一人称と三人称の語りを交えるという文学的技法を用いることになったというのが本当のところだろうと推察する。しかしながら、リーヴィスを師とし、イギリスの伝統小説を大いに意識し、その作風継承を念頭においていた当時の彼女の作家としての姿勢を考慮すると、『滝』という作品に若干の違和感を覚えないこともない。彼女が用いた語りの変化という文学的技法は、今後の彼女の作家としての方向性に多少なりとも影響を与えることになり、意図せずとも、ドラブルがこの作品で文学的技法を用いたことは大きな意味があったと思われる。
人間として、作家としての成長、そして、作家を取り巻く社会的、時代的環境の変化も相まって、一九七〇年代後半ごろからドラブルは、イギリス伝統小説の作風を離れるような実験小説を意識しているようだが、その萌芽をこの作品において見ることができるのではないかと思う。

注

本章は、拙稿 “Ambiguities and Narrative Shifting in Drabble's *The Waterfall*”（『キリスト教文学』第一五号、一九九六年）、及び、“The Development of Writing Techniques in M. Drabble's Works Focusing on *The Waterfall* (1969) and *The Seven Sisters* (2002)” (*New Writing: The International Journal for the Practice and Theory of Creative Writing*, Routledge/Taylor and Francis, 2014) を基に発展させたものである。

（1）Elaine Showalter, *A Literature of Their Own: British Women Novelists from Brontë to Lessing* (Princeton: Princeton University Press, 1977) 304.

（2）Cf. Ellen Cronan Rose, *The Novels of Margaret Drabble: Equivocal Figures* (London and Basingstoke: Macmillan, 1989) 31.

（3）ドラブルの見解に関しては、以下参照。Bernard Bergonzi, *The Situation of the Novel* (London: Macmillan, 1970) 65. 尚、日本語訳は拙訳である。

（4）小野寺健、「社会性の回復―ドラブルと伝統派への傾斜―」、『文学界』、文藝春秋、一九七一年、一四八―一四九頁。

（5）“drowning” という語は、作品では名詞、形容詞のどちらにも用いられているので、便宜上、“drowning” の意味として動詞の意味を記す。

（6）Margaret Drabble, *The Waterfall* (1969: Penguin Books, 1971) をテキストとし、以後、本テキストからの引用には括弧内にページ数を記す。尚、日本語訳は鈴木健三訳（『滝』、晶文社、一九七九年）を参照させて頂く。

（7）論旨の関係上、作品から引用する “drown” も含んで “drown” の全ての派生語、“drowning”, “drowned” は、本章では今後 “drowning” と記す。

（8）『イメージ・シンボル事典』によると、水の象徴は様々あるが「精神的再生と新生」もその一つである。アト・ド・フリース、『イメージ・シンボル事典』、山下主一郎他一〇名共訳、大修館書店、一九九四年、六七八頁参照。

（9）Rose 55.

（10）Cf. Valerie Grosvenor Myer, *Margaret Drabble: A Reader's Guide* (London: Vision Press, New York: St.Martin's Press, 1991) 66.

（11）Cf. Virginia K. Beards, "Margaret Drabble: Novels of a Cautious Feminist," *Critique* 15. 1 (1973): 40.

（12）ジェイムズとの不倫関係持続のために、ジェインは避妊薬の服用を続けている。避妊薬は、出産間もない女性が服用すると血栓症の発生リスクが高くなり、避妊薬の服用はジェインの生命を脅かすことに繋がる。実際、ジェインにはむくみ、凝血性のしこりなどの症状が現れている。「こんな症状が危険！　低用量ピルの静脈血栓症リスクと血栓症の具体的症状」、『サプリメントマニュアル』、二〇一五年三月十七日アクセス、<supplementmanual.blog33.fc2.com/blog-entry-79.html>参照。

（13）Rose 52.

（14）J・ハネイ（John Hannay）もジェインの運命に対する捉え方には、二面性があることを指摘している。Cf. John Hannay, *The Intertextuality of Fate: A Study of Margaret Drabble* (Columbia: University of Missouri Press, 1986) 21-22.

（15）Cf. Hannay 25, Marion Vlastos Libby, "Fate and Feminism in the Novels of Margaret Drabble," *Contemporary Literature* 16.2 (Spring 1975): 186.

（16）ヴィクトリア時代を代表するイギリスの作家T・ハーディ（Thomas Hardy, 1840-1928）の運命観は、ここでジェインが主張する運命観と酷似している。ハーディは「一人の人間の人生とは、個人の意志や努力でどうなるものでもなく、個人をはるかに超えた宇宙の内在意志によって無情に左右されるもの」と考えている。ドラブルはハーディを敬愛しており、ハーディの運命観にドラブルが影響を受けていると考えることは妥当だと思える。実際、鮎沢乗光はドラブルがハーディを継承しているとして、「偶然と摂理―マーガレット・ドラブルはどのようにハーディを受け継いだか―（I）」（横浜国立大学『人文紀要（第二類語学・文学）』第三十二輯、一九八五年）、「偶然と摂理―マーガレット・ドラブルはどのようにハーディを受け継いだか―（II）」（横浜国立大学『人文紀要（第二類語学・文学）』第三十三輯、一九八六年）という論文を書いている。先のハーディの運命観に関しては、川崎寿彦、『イギリス文学史入門』、研究社、二〇〇五年、一四一頁参照。

（17）女性性と男性性についてのフロイトの説に関しては、Rose 61 参照。

（18）Cf. Eleanor Honing Skoller, *The In-Between of Writing: Experience and Experiment in Drabble, Duras, and Arendt* (The University of Michigan Press, 1993) 40.

（19）Cf. Skoller 39.

（20）ジェイムズとの関係の持続は、ジェインに苦悩をもたらすという意味では女性的要素であるが、ジェインに他者との交流を可能とする活力をもたらすという意味では男性的要素である。

（21）Cf. Gayle Greene, *Changing the Story: Feminist Fiction and the Tradition* (Indiana University Press, 1991) 142.

（22）Skoller 41.

（23）田原節子、「マーガレット・ドラブル：『滝』における人称の移行について」、『茨城キリスト大学紀要』一六号、一九八二年、六二頁参照。

（24）Peter Firchow, ed., "Margaret Drabble," *The Writer's Place: Interviews on the Literary Situation in Contemporary Britain* (Minneapolis: University of Minnesota Press, 1974) 117. 尚、日本語訳は拙訳である。

（25）Cf. Rose 57-59.

（26）Cf. Brigitte Salzmann-Brunner, *Amanuenses to the Present: Protagonists in the Fiction of Penelope Mortimer, Margaret Drabble, and Fay Weldon* (Berne: Peter Lang, 1988) 118.

（27）Cf. Greene 135.

（28）Nancy S. Hardin, "An Interview with Margaret Drabble," *Contemporary Literature* 14.4 (Autumn 1973): 283. 尚、日本語訳は拙訳である。

（29）Dee Preussner, "Talking with Margaret Drabble," *Modern Fiction Studies* 25.4 (Winter 1979-80): 567. 尚、日本語訳は拙訳である。

（30）Hardin 282.

（31）Firchow 117.

第五章　『針の眼』（*The Needle's Eye*, 1972）における社会性

はじめに

第二次世界大戦の混乱から社会が漸く平穏を取り戻し、第二波女性解放運動が盛んになる一九六〇年代に、ドラブルは五編の作品を発表している。男性主導の社会で女性達が今まで内に秘めていた思いを語り始めた社会的背景を受けてか、ドラブルの一九六〇年代の作品は、全て若い女性主人公達が人生の岐路で女性であることの意味を問われる「女性の小説[1]」である。そうしたドラブル特有のテーマを一九六〇年代の作品に見ることができるが、第四章で分析してきたように、一九六〇年代終盤の作品になると、それ以前の作品とは若干作者の創作手法が異なってきていることが我々読者にも感じられる。そのような一九六〇年代の作品を経て、一九七二年に発表された『針の眼』は、一九六〇年代の作品とは様相が異なって、主人公に三十代の中産階級出身の女性を据えているものの、ドラブルが初めて労働者階級出身の男性を主人公にきわめて近い者として採用している作品である。

ドラブル文学の研究者達の多くは、一九六〇年代における彼女の作品の主要テーマは家父長制が残る社会で若き女性主人公達が自らの生きる道を模索するというものであったために、『針の眼』に関してもフェミニズム的観点から作品を解釈しようとしている。しかしながら、ここでのドラブルのテーマの選び方は、一九六〇年代の作品を追随しているとはいえ、男性の語り手を採用したり、中産階級とは異なった階層を取り上げて、社会問題に踏み込んだりして、作品の幅が増している。『針の眼』は一九六〇年代のドラブルの作品と比較して、彼女の作家としての成長を感じることができるものとなっている。

物語の筋は、離婚をした夫婦が子供の親権を巡って対立し訴訟を起こしたものの、最後は二人の生活を復活させるという表面的にはいたって単純なものである。こうしたテーマの作品では、小説の展開は主人公ロウズ・バシリウー（Rose Vassiliou）と前夫クリストファー・バシリウー（Christopher Vassiliou）との確執と訴訟に終始し、その他の事柄については副次的にスペースが割かれるはずである。しかしながら、『針の眼』ではドラブルは二人の確執や訴訟の様子にはそれ程の紙面を割いておらず、代わりにロウズから親権の獲得を巡って相談を受ける弁護士のサイモン・カミッシュ（Simon Camish）とロウズとの関係によって物語を展開させている。

ドラブルは、一九六〇年代の作品においても、社会の不平等、そして、そうした不平等によって生じる社会的弱者に関心を示していた。筆者との対談でも、ドラブルは社会は平等ではないという私見を述べられた。しかしながら、一九六〇年代の作品においては、主要人物は彼女の出身である中産階級の者に限られ、労働者階級の生活が描かれることは一部を除いて殆どなかった。一九七〇年代初頭に発表された『針の眼』では、ドラブルは労働者階級出身の男性を語りの中心に据え、一九六〇年代の作品で温めていた階級性、社会の不平等や矛盾などといった社会問題に大きく踏み込んでいる。『針の眼』は表面的には離婚をした夫婦の親権闘争に思えるが、そうした点から眺めてみると、実際は富める者と貧しき者の経済闘争、中産階級とそれ以外の階級間の階級闘争として捉えることもできる。この章では、語りの中心が労働者階級出身のサイモンであるということを踏まえて、ドラブルが『針の眼』においてイギリスが抱える社会的問題に取り組む意図は何であるのか、また、小説の持つ社会的使命とは何なのかを考えてみる。

五・一　サイモンに見る階級制度と人生選択

『針の眼』は、サイモンが友人夫妻宅のパーティに出席するために、手土産を買いに彼らの家の近くにある酒屋に立ち寄るところから始まる。先ず、サイモンを取り巻く社会・家族状況から、彼にとっての社会の矛盾、階級制度を考察してみる。

友人宅付近の酒屋に立ち寄ったサイモンは、先客の夫人の貧相な様相を眺めながら、次のように友人夫妻、そして、その居住地に思いを馳せる。

このロンドンのNW1区というところでは、なにもかもはっきり対照的だった。絶ち切られ分離されたうえで、巧妙に組みあわされた人生、ぶつかりあう貧富、そういうものにたいして、友人は無神経であるばかりか、階層間に生じる擦り傷を見ておもしろがっていた。そのことでサイモンは耐えきれないほど重い気持になった。上層下層の混じりあった地域に住む利点を口にするときの彼らの満足そうな表情をみるとぞっとした。彼らは、みすぼらしい老婆や黒人たちに街を歩く許可を与えてやっているような顔をしていたし、彼らの子供たちには、ペットのハムスターやモルモットが性と死を教えるように、貧乏と絶望を教えてやっているとでもいうような顔をしていた。そういうことが悲しかった。(p.9)[2]

作品の冒頭でのサイモンの語りを通して、読者はイギリス社会における階層の存在と階層間のぶつかり合いを知る。そして、人間の持つ社会的弱者に対する驕りとそうした驕りに不快感を覚えるサイモンの人間性を見出し、冒頭で、読者は作品の発する社会性を感じる。ここで、サイモンは社会的弱者への友人の優越的意識に嫌悪感を覚えている。それに続いて、サイモンは友人夫妻の自宅の「ふかふかした絨毯」(p.12) からなる「現代的」、そして、「ブルジョア的」部屋に足を踏み入れて、「皆なんと金持なのだろう。(中略) この金はみなどこからやって来るのだろう」(p.14) と考え、友人夫妻やパーティの参加者達に違和感を覚えている。現在、サイモン自身も高級住宅地と見なされているハムステッド (Hampstead) に居住しているが、こうした意識を抱いているのである。先の引用と友人夫妻の自宅の描写で、友人夫妻、即ち、ニック (Nick) 夫妻は経済力を手にして、贅沢に生活を営んでいる現状が窺え、我々読者は彼らの階層的上位性を想像する。サイモンに関しては、パーティ会場の裕福な人々を前にして、「結局は皆とおなじように、上等な靴をはき、札束を無造作にポケットに詰めこんでいるではないか」と消極的に自己分析をし、ニック夫妻の社会的弱者への驕りに対する不快感や彼らの豪華な部屋とは対照的と思えるサイモンの富裕層への否定的意識から、経済力は手にしながらも社会の上層で安閑と生きていくことに罪悪感を覚えている人物だと読者は想像をする。

我々読者は、作品の冒頭に見られるニック夫妻の社会的意識の低さとその生活の華麗さにニック自身の出身を見誤りそうになるが、同じく冒頭には次のような箇所がある。

> 贅沢というものはそのほとんどがまったく単純に感覚の問題にすぎないものなのだろうか——このことは、似たような成功の歴史と出生の背景をもった彼とニックにはよく分った。小さい頃の、擦り切れた絨毯、ココナッツ繊維のマット、寸足らずのリノリウム、実用本位の家具、奇妙な室内装飾品 (中略) は生存ぎりぎりの、詰め物のほとんどない、あまりにもひどく磨耗した生活を物語っていた。(p.13)

前記引用から、現在の二人が抱いている社会的意識は異なるが、ニックとサイモンが似たような出自を抱えていることが分かる。実際、少し先を読むと次のような箇所がある。

この食卓にいる者のうち、労働者階級出身と言えるのは彼とニック（ニックの場合は母親側）だけであり、ふたりがここまで来たのは親が―ニックの父親、サイモンの母親が―自分自身の挫折した野望の重みを息子のなかに注ぎこんだからなのだ。（中略）ここにいる他の者は、生まれによって現在の地位に達しているということははっきりしていた。(p.31)

サイモン自身が語るように、彼らは親の野心に押され、現在、どちらも「成功者」としてイギリス社会で生きているが、二人はグラマー・スクールでの学友で、互いにそれぞれがその出自を知っていることに痛みを覚えている。今も階級意識が根強く残っているイギリス社会で、その出自が重荷となっているのなら、ここに至るまで、そして、現在も彼らは社会生活上、自身の出身をカムフラージュして生きてきたのではないかと思われる。実際、ニックは裁縫師であった母親の、工場労働者として生計を立てている姉妹達のことはひた隠しにし、自らの出身を経済的にも社会的にも高く見せる努力を絶えず行ってきた。現在、法廷弁護士として社会的地位を得ているサイモンにしても、職業活動の中で、仲間に自らの出身が明らかにならないような努力を行ってきた。人は自らの出自を選ぶことができないが、彼らが自らの出自に対して劣等意識を負わなければならないイギリス社会における階級制度について、ここで考えてみる。

ヴィクトリア時代、ユダヤ人でありながら保守党党首となり二期にわたって首相を務めた政治家であり、小説家でもあるB・ディズレーリ（Benjamin Disraeli, 1804-1881）は、『シビルまたは二つの国民』（1845）という小説の中で次のようにイギリス国民を二分する階級制度を語っている。

その二つの国民の間には交流もなければ共感もなく、温帯と寒帯といった異なる地帯に暮らしているかのように、あるいは別の惑星に住んでいるかのように、互いの習慣、思考、感情を知らず、異なった訓育を施され、異なった食べ物を与えられ、異なったしきたりを持ち、同一の法律に支配されない……この富める者と貧しき者。[3]

ディズレーリがこうしたポリティカル・フィクションを刊行したのは、イギリスにおいて産業革命後の都市化が進む中で貧富の差が拡大していった頃である。富める者と貧しき者、即ち、中産階級と労働者階級は線引きをされているかのように様々な面で区分され、交流も殆どなかった。その後一〇〇年以上を経た後に刊行された『針の眼』の時代と当時の社会的状況が異なっているのは確かである。しかしながら、食糧雑貨商の娘であるM・H・サッチャー（Margaret Hilda Thatcher, 1925-2013）は首相就任後に自らの英語の訛りを正す発音矯正を行ったと言われており、[4]また、出身階級が低く、且つ、多くの歴代首相と異なって高等教育も受けていない二十世紀後半のイギリスの元首相J・メージャー（John Major, 1943-）は常に「舌に烙印を押され[5]」ているという意識を持っている。こうしたことに加えて、世襲貴族の議席が制限され一代貴族がその議席の大半を占めているとはいえ、現在も貴族院（上院）という議会制度すら存在しているという事実は、イギリスでは階級制度が残存しており、ディズレーリが言及した当時と比べて程度の差はあれ、階級間の交流はそれ程盛んではなく、それぞれが自らの出身を意識しなければならない場合があることを示唆している。こうした社会的背景を鑑みると、ニックやサイモンのような者が社会の上層で生きるためには、自らの出身階級に敏感にならざるを得ない理由が見えてくる。

ニックもサイモンも親の野望に押されて社会の上層で生きることが可能になったところがあるが、次に、自らの意志で努力をして、社会的地位と富を摑んだわけではなく、母親の野望が自分をここまで導いてきたという思いを抱いているサイモンの人生における母親の影響を考えてみる。

サイモンの母親は、労働者階級出身の知性ある女性である。若い頃、「有能な社会主義者」(p.132) であった彼女は、同じく知性ある労働者階級の男性と結婚をし、「明るい夜明け」——現況からの脱出——を夢みていた。しかしながら、不慮の事故で障害を負った夫に彼女の夢は叶えられないまま、障害を負った夫、夫の父親、自分の両親、そして、サイモンを抱え、生活の苦労を一手に引き受けてきた。夫の事故の補償金は僅かばかりで、男女平等とは言えない社会で彼女が彼らの生活を支えるのに相当の苦難を味わったことは推察できる。こうした厳しい経験を経た彼女は、不平等な社会構造の中で、上層に生まれついた者は自らの努力もなしにその恩恵を享受し平穏な人生が待っており、下層に生まれついた者は努力と勤勉にも拘らず、困難な人生が待っているのだとしたら、哀しすぎるという意識を抱いている。過酷な運命に対して野望を持っている彼女が、自らの満たされない野望を夫の次に向ける相手は息子のサイモンである。

夫の不慮の事故による困窮生活にも拘らず、カミッシュ夫人は息子のためにと裕福な家庭の彼の学友達を自宅に招き、自分達の経済力では奮発したつもりのサーモン・サンドイッチをお茶菓子として出し、息子と彼らとの交友関係を築こうとしている。世の中の不条理を経験してきた彼女は、息子にはそうした辛酸を味わわせないために、無理をしてでも息子と中産階級の者との接点を作り、自分が果たせなかった夢——脱出——を彼に強いているのである。自らの出自が後々の人生に深く関係し、背伸びをした人生よりも自らが生まれついた階級で平穏に生涯を過ごすことを好むイギリス労働者階級の価値観を考えると、(6) サイモンの母親は野心的、且つ、挑戦的考えの持ち主である。彼女は負わされた運命に甘んじるのではなく、自らの自由意志と努力でもってその運命に抵抗し、新しい人生を切り開こうとする反運命論者である。(7)

『針の眼』以前にもドラブルは、出自の不平等を植物の種に喩えて、主人公クララ・モーム (Clara Maugham) が次のように人生の不平等感を吐露する作品『黄金のイェルサレム』を執筆している。

ある種は道端に落ち、またある種は石地に落ち、またある種は茨の茂みに落ちた。そして、またある種は肥沃な土地に落ち、実を結んだ。(中略)彼女は幸運にも自分は僅かな乾いた砂地の裂け目に落ちたに違いないと認めなければならなかった。そこでは、僅かな砂の粒子と数滴の湿り気が彼女の震えおののく不屈の人生を支えるのに十分だった。(8)

イングランド北部の下層中産階級出身のクララは、自らの裕福でない家庭、また、困難な母娘関係がもたらす寂しい生活環境にいたたまれない思いを抱き、青い鳥を摑まえるためにはそこから脱出しなければならないと考える。彼女は、自らが負わされた不幸な運命を、幸福は自らの自由意志で摑むという貪欲な考えで、克服しようとしている。クララのそうした出自、即ち、運命に対する挑戦的意識は、サイモンの母親のものと同種のものである。ドラブルがこうした不幸な人生や社会の不平等を第四作目という比較的初期の作品で明確に描いているということは、二十代の若き作者自身が社会性に敏感な意識を持っていたことを示唆している。

サイモンの母親は事故で障害を負った夫ゆえに現状からの脱出の夢を叶えられなかったが、教育は現状を変える唯一の手段と考えてか、サイモンの教育に情熱を注ぐ。脱出の夢は実現しなかったけれども、母親自身も自らの努力で彼女の小世界の「小型の名士」(p.133)となるほどの成功を収めている。社会的野心を捨て切れない彼女は、「息子がここから脱出することだけを願い、自分の力のありったけを息子のためにささげ」(p.132)、サイモンの人生選択に深く介入する。サイモンが自覚しているように彼女の後押しと強い希望があって、彼はグラマー・スクールからオックスフォードへと進学し、その後、法廷弁護士となり、社会的地位と経済的安定を得る。サイモンの視点からは、自らの努力というよりも、母親の願望に背くことができない自分が母親が望むことを行い、その結果、ここに辿り着いたという感が強い。即ち、「母を宥めるために、母が望んだことを果たしたのだ」

(p.131) というサイモンの意識である。ここには、強固な意志を持った母親のイメージが存在する。

サイモンの就職に至るまでの過程には、前述したような母親の圧力が存在しているが、彼の結婚に関してはどうであろうか。サイモンは、主に通信販売業で経済的成功を収めたフィリップス (Philips) 家の娘ジュリイ (Julie) との結婚を「無気力に (中略) 自発的な愛もないまま、母の心を鎮めるために」(p.131) 選択したと言う。経済的基盤がないカミッシュ家、即ち、カミッシュ夫人にとって、フィリップス家の経済力はサイモンの将来に亘る経済的安定を考えた時、魅力的な要因だったと思われる。しかしながら、「ニックの成功はサイモンより立派だった。彼は金と結婚したのではなく、自分で金をこしらえた」(p.14) という意識をサイモンは持ち、愛ではなく経済的理由でジュリイと結婚をしたことに罪悪感を覚えている。「弁護士になったのは母のためだった。ジュリイと結婚したのも、あの汚れた金を受け取ったのも母のためだった」(p.136) というサイモンの意識である。こうして、サイモンは表面的には人生における最大の選択である職業と結婚の選択を母親の願望に沿う形で行ってきたと述べているが、彼の深層では「自分自身のため」(p.137)、「自分自身の目的達成のため」(p.138) に行ってきたことに気づいている。実際、資産家の娘ジュリイとの結婚に際して、サイモンは彼らの「生活形態」(p.65) に恋をしたと述べており、実用本位の貧相な事物の中で育ってきた彼には自らが有していない華麗なる生活への憧憬が存在し、そうしたものに惹かれるサイモンに、社会的上昇を願う彼の一面を感受することができる。

次に、背伸びをしたような人生選択を行ってきたサイモンの精神的葛藤を考えてみる。サイモンは、ジュリイとの結婚で「金のために魂を売った[9]」という罪悪感を覚えている。この思いが、ニックの成功は自分の成功よりも立派だという先の意識に繋がっているのである。また、サイモンは自らの罪悪感の償いをするかのごとく、法廷弁護士から成るフェビアン社会主義者事務所の一員であり、弁護士活動における専門は「労働 (組合:引用者注) 法」(p.139) で[10]、それは父親の意思を無意識にも継いだものであり、且つ、社会的弱者の側に立つものである。

こうした彼は、自らの職業世界も含めて人生に関して、次のような意識を抱いている。

アクセントや身許紹介人に気を配れとか、過去をうまく潤色せよとか、中学にはいってからは同級生たちの、大学では友人たちの、法曹界では同僚たちの雰囲気を身につけろ、ということを注意ぶかく教えてくれたのは誰だったろうか。ニックのように、サイモンも巧みに仮面をかぶる術を習得した。（中略）自分の職業の世界で、自分の出生に関してはっきり嘘をついたわけではなかったが、ほんとうのことを言ったわけでもない。生活のすべて―着ている服、運転する自動車、言葉づかい、住んでいる家―すべてが仮装だった。（pp.137-138）

これまで「登攀者」（p.137）として社会の階段を上ってきたサイモンは、社会に存在する階層意識のために、しばしばその出自が明らかにならない努力を行い、生活習慣上の仮面術も身につけて現在に辿り着いている。だが、その一方で、前記引用が示すように、サイモンには生活上満たされないものが存在しているのは確かである。ドラブルが『針の眼』を上梓した一九七二年頃と、ルポルタージュ作家として上層中産階級出身のG・オーウェル（George Orwell, 1903-1950）がイギリス社会の階層性を捉えた時代とでは社会における階層意識に相違があるのは確かだと思われる。オーウェルはイギリス社会の階層を越えがたい「ガラスの間仕切り」と捉え[11]、『ウィガン波止場への道』（*The Road to Wigan Pier*, 1937）では、「下層階級は悪臭がする―これこそ私たちが教えられたことなのである。まさに、この点に、乗りこえがたい障壁があることは明らかだ。身体のなかにしみこんだ感情ほど、好悪の感情のなかで根源的なものはないからだ[12]」と述べている。オーウェルの言う労働者階級へのこうした中産階級の意識は、程度の差はあれ、一九七〇年前後にも生きていたと思われる。それゆえに、サイモンは社会の階段を駆け上るに際して、意識的に自らの出自を偽らなくとも、明らかにはしない努力に神経を使わざるを得なかったのである。

以上のように、サイモンはイギリス社会の持つ様々な矛盾と問題を越えて、社会の階段を駆け上ってきたが、その結果、必ずしもカミッシュ夫人が夢見たような幸福感を覚えているとは言えない。むしろ、彼は社会の階段を上るに際して自分が取った行動への罪悪感に苛まれ、また、社会生活上、自らの出自が明らかにならないか恐れているようにも思われる。社会的成功を手にしたサイモンが、現在の生活をどのように捉えているのかは後に考察することにする。

五・二　主人公ロウズに見る階級制度と人生選択

『針の眼』の主人公ロウズは三十代前半の女性で、サイモンとはニックの家で開催されたパーティで知り合う。ロウズは遅れてパーティ会場に現れるが、我々読者はロウズの登場以前に語りによって、かつてロウズが身分違いの結婚をしようとして世間を騒がせたり、「自分の財産を全部貧乏人にやってしまった」(p.22) 一種特異な資産家の娘であることを知る。現在、その騒動から一〇年を超える歳月が経過し、ロウズとクリストファーとの関係も冷め、三人の子供の親権を巡って二人は係争中である。そのロウズがパーティ会場に現れた時の様相は、絢爛豪華な人々で一杯の会場で場違いのようなくたびれた装いであった。だが、ロウズの高貴な出身と裕福な育ちのせいか、彼女には「優雅さ」(p.24) が備わっている。サイモンとはパーティ会場で初対面であったが、サイモンが弁護士であることから、ロウズは自らの抱える問題を彼に相談し、二人の関係が発展していく。ここでは、そうした二人の関係ではなく、ロウズの人生における階級制度とその人生選択を考えてみる。

ロウズは、結婚前の名前（洗礼名）をロウズ・ヴァーチュー・ブライアンストン (Rose Vertue Bryanston) といい、母親ジャニス（Janice）はノーフォーク（Norfolk）の何代も続く旧家の出身で、父親ウィリアム（William）は親から受け継いだ事業を拡大し、財を成した人物である。いわば、ロウズは母親の貴族的性質と父親の資本主義的ブルジョア気質を併せ持った人物である。[13] 婚期を過ぎてから義務的に結婚をしたロウズの両親は、結婚生活で愛を育むことも、程なく誕生したロウズに愛情を注ぐこともなく、母親は冬の殆どを外国で過ごし、父親は仕事ばかりで、二人はもっぱら彼女を乳母や家政婦の手に委ねている。こうした家庭環境の中で、ロウズは子供の頃の自分は親の愛情に飢え、孤独だったという思いを抱いている。同様に、ドラブルも、子供の頃、自分は孤独だったと述懐している。[14] ロザムンドも『碾臼』の世界で、親子関係の希薄さに苦しんでいるが、親子といえども個人を尊重してそれぞれが自立して生きていこうとするイングランド中産階級の特徴を、ロウズの親子関係にも感受することができる。

親子関係の希薄さの中で、常に家政婦の手に委ねられていたロウズは、八歳頃、彼女の前に現れたノリーン（Noreen）という家政婦に大きな影響を受ける。ノリーンは、自らの出身であるイースト・アングリア（East Anglia）の地域性もあって、宗教的意味合いから富裕であることを罪と捉え、ロウズの家が資産家であることの罪を繰り返し説くと共に、「富める者が天国に入るより、駱駝が針の穴をくぐるほうがやさしい」（p.85）というマタイ伝の聖句（一九章二四節）をロウズに文字通りに教え込む。その結果、ロウズは自らの出身を顧みて、富裕であることの罪を過剰に意識するようになる。

自らの経済的繁栄に対して罪悪感を抱く意識は前述した個人主義的意識同様に、イングランド中産階級の特徴である。自助と清教徒精神によって、社会的成功を収めた中産階級は、社会奉仕の精神を抱くと共に自らの恵まれた環境に後ろめたさを持つ傾向がある。[15] ドラブルは、『碾臼』においてロザムンドの両親が抱く富裕であることへの精神的葛藤と奉仕の精神を描いているが、彼らの意識はイングランド中産階級の典型的意識である。そして、ロウズがノリーンの説く富裕であることの罪に過度に反応しているのは、こうしたイングランドの持つ社会的背景が影響を与えているのは間違いない。このような意識を幼い頃に植え付けられたロウズが今後どのような人生を構築するのかを考察してみる。

八歳の頃に経済的繁栄に対する罪を教えられたロウズは、両親との親子関係が改善しないまま十五歳で寄宿学校に送られ、今まで以上に両親との距離感を持って成長する。両親共に娘の教育には関心を示さないが、父親は自らの経済力に物を言わせて、精神的に成長しきっていない十代の娘に必要以上の大金を送金し、ロウズの友人達は彼女の財力を当てにするようになる。そして、当時十九歳のロウズはカムデン・タウン（Camden Town）出身の二十一歳のクリストファー・バシリウーと恋に落ちるのである。

ギリシア系であり、移民であるクリストファーは貨物自動車の運転手をしたり、週に二回ギリシア料理店で働いて生計を立て、ベーコン・サンドイッチを生活の糧とする、今までロウズが出会ったことがないたぐいの人物である。当時の彼は、経済的困窮状態にあったが、彼なりに将来大金を摑む基礎作りをしている。移民の彼はイギリス階層社会の外側にいる人物であり、貧困層でもある彼は社会的弱者である。ロウズがこうした彼に魅了されたのは、自分の環境とは反対の立場にいる彼に、自分にはない何かを感じたのか、自らの恵まれた環境に対する罪悪感が関係していると思われる。S・ロックスマン（Susanna Roxman）は、「クリストファーが何よりも特権なき『持たざる者のひとり』であったので、ロウズを惹きつけた[16]」と述べ、クリストファーとの環境の相違がロウズの心を捉えたことを指摘している。環境が違いすぎる彼との結婚は、ロウズの両親の賛同を得られるはずはなく、彼女は両親の反対を振り切って、彼との結婚を選択する。そうすることによって、ロウズは父親からの送金を止められるが、父親の意に反して、拝金主義者の父親が税金を逃れるためにロウズに相続させていた三万ポンドが、結婚して三年後にロウズのもとに下りてくる。本来なら経済的拠りどころを失ったロウズはこうした金銭に依存をするであろうが、彼女は相続した三万ポンドの殆どを内戦で失われたアフリカの学校を再建するために寄付する。ここには、幼少時にロウズに刷り込まれたノリーンからの富裕の罪の教えが生きていると共に、自らの恵まれた環境から逃れようとしているロウズの生きる姿勢を認めることができる。両親のものとは異なったこうした価値観が、クリストファーとの結婚という彼女の選択に繋がっているのである。

ロウズは地方の名家にルーツを持ち、経済的、社会的に恵まれた環境の出身者である。一方のクリストファーはギリシア系の移民であり、経済的にも困窮状態にある。サイモンは労働者階級の出身ではあるが、彼の両親はイギリス人であり知識人でもある。彼の父親は不慮の事故によって社会的弱者になったものの、母親は彼女の生きる世界で社会的成功を収めている。こうした状況を鑑みると、サイモンよりもクリストファーの生きる環境には厳しいものが存在している。[17] それでもロウズは貧困層の移民である彼との結婚を選択し、相続も拒否して、自らの生まれ持つ階級の特権も全て捨てて、クリストファーが属する社会階層で生きる選択をする。実際、ロウズは結婚と同時に多くの者が敬遠したがる屋根の低い似たような長屋が続くカムデン・タウンに移り住み、その「街をみんな自分のものに創り変え」(p.44)、現在、そこでの生活と人々に愛着を覚え生きている。

ロウズ自身が、人は私が「気違い」(p.43)ではないかと考えていると言うほどに、彼女は世間の一般常識からは外れた人生選択をしていると言えよう。結婚後、一一年の歳月が過ぎた今、クリストファーに対する当時のロウズの熱き思いは冷め、現在、彼とは三人の子供の親権を巡って法廷闘争を行わなければならない状態にはあるが、ロウズは自らの人生選択を悔いてはいないように思われる。

五・三　サイモンとロウズの人生選択がもたらしたもの

サイモンとロウズは、人生の大きな岐路でそれぞれの出身と対照的な相手との結婚を選択し、彼らはその社会的地位が生まれの地点と現在の地点では対照をなす人生行路を交差して歩いている。サイモンの行路は、社会的地位、富を獲得する「所有」の行路で、ロウズの行路は社会的地位、富を捨てる「放棄」[18]の行路である。こうした「所有」と「放棄」という正反対の人生を選択した二人が、現在、自らの人生をどのように捉えているのかを考察してみる。

母親の強い野望にも押されて、サイモンは自らの出自を越えて社会的地位と経済力を手中にしたものの、彼には現在の生活への満足感が存在しているようには思えない。家族関係に関して言えば、サイモンの結婚理由が不純だったことが暗示するように、彼は自分との結婚生活におけるジュリイの不幸を感じており、彼女との婚姻関係に幸福感を覚えてもいない。また、彼は三人の子供との間では父親としての存在感の希薄さに悩んだり、九歳になりながらも文字を覚えられない長男の発達障害に苦しんだりしている。そして、職業に関して言えば、同僚達との間で、自らの出身に対する劣等意識がともすれば彼に出自への敏感な意識を持たせ、卑屈にしているのである。家庭的にも職業上でも、満たされない思いを抱いているサイモンは、現状を素直に幸福とは感じられないはずである。

作品の冒頭で、サイモンは立ち寄った酒屋で出会った年配の女性の様子を見て、次のように感じている。

サイモンは激しい郷愁を覚え、もうすこしのところで彼女に話しかけそうになった。サイモンにはこの女がどこから来たのかよく分った。彼が永遠にあとにしてきた世界からきたのだ。彼はその世界を知っていた。その家庭の内部を知っていた。そこでの楽しみ、そこの地平線を知っていた。(p.10)

ロンドンNW1区という階層のぶつかり合った地区で、[19] サイモンが目にした寝室用のスリッパ履きの年配女性の雰囲気と彼の語りから、明らかにこの女性が労働者階級の女性だと読み取れる。ここで、サイモンは彼女の醸し出す雰囲気に郷愁の念を覚えている。母親の強い意思にも押され、階層移動を行ったものの現状に満たされない思いを抱いている彼は、この女性に出会うことで郷愁の念を覚えると共に彼があとにしてきた世界の楽しみに思いを馳せている。では、サイモンが言う労働者階級の楽しみとは何であろうか。サイモンは、階層移動を行うことによって失ったものについて、次のように語っている。

肉体的な触れあいの濃すぎる環境で育ち、家は狭すぎ、長椅子は小さすぎ、寝室には人間が多すぎ、接吻は(中略)あまりにも動物的で強制的であった世界—そういう世界からきた人間は、離ればなれになること、もっと接触感のない希薄な空気の中へ、もっと大きな部屋と、もっと広い空間へ入ってゆくことしか望まない。そして、いったん広びろとした虚ろな空間に到達すると、ふたたび接触を見つけだしたいと願う。偶然ではない選ばれた温かみ、親密さ、触れあいといったものを発見したいと願う。だがそれはもはや叶えられぬものとなっており、接触の世界は永遠に失われている。(pp.54-55)

サイモンは、労働者階級に特徴的な仲間意識に基づく人間的触れ合いという性質に、その階層を離れて初めて意義を見出し、失ったものの重要性を認識している。空間的に余裕のある生活を送っている者——即ち、中産階級の者——は、物理的に他者との肉体的接触が少なく、そのことと並行して彼らの人間関係も希薄になっている。

かつて濃密な人間関係を経験してきたサイモンは、現在の表面的に思える人間関係に物足りなさを覚えているのである。冒頭の労働者階級の女性に続いて、そこで買い物をしたサイモンに対して、酒屋の主人は彼女に対する愛想の良さとは対照的に「事務的になり、人間らしさは消え」(p.10)た接客対応をしたが、サイモンが馴染み客ではなかったこともあるが、彼の雰囲気から主人は彼の階層を判断したことにもこの事務的対応は起因していると思われる。労働者階級を離れた彼には、その階層の持つ人間的温かさ、触れ合いといったその階層独自の精神が失われている一例と捉えることができよう。そして、サイモンはそうした精神に郷愁の念を抱いているのである。

また、サイモンは、生まれの特権を否定して労働者階級の地区に移り住み、富を放棄した生活を営んでいるロウズに対して、次のような思いを抱いている。

> サイモンの悪夢を物語るようなごみ捨て場の生活を、ロウズがするぶんにはなんの問題もない。しかしサイモンにとってはその恐怖は現実だった。ロウズはその生活を現実と感じたことがないのだ。ロウズは貧乏から真の脅威を感じたことがないから貧乏生活を楽しむことができる。ロウズは、短く切り縮めた父親の洋服を、痩せた少年の身体にだぶだぶに着て学校に行く必要はなかった。学期半ばになるまで級長の制服を買うことができない理由を先生に説明する必要もなかった。(p.138)

サイモンは、法曹界のホープとして、社会的地位と経済力を手に入れた人物である。それでも、彼は自らの出自が強いたかつての「貧乏生活」に対する恐怖感を拭い去ることができず、経済的に困難な生活は彼の中で現実として生きているのである。彼は、ロウズの場合は高貴な出身ゆえに、その恐怖、脅威に無縁であったからそうした貧困生活を楽しむことができると感じている。母親の後押しと幸運も重なって、現在、社会の上層で生きることが可能になっていようとも、サイモンには自らの出自を越えられない彼自身の深いわだかまりや貧困生活の記憶が存在しているのである。

以上のように、サイモンはイギリス社会の持つ様々な矛盾、問題を越えて、社会の階段を駆け上ってきたが、その結果、カミッシュ夫人が夢見たような明るい未来を彼が感じているとは言えない。むしろ、自らが生きる社会で出身階級が明らかになるかもしれないという恐怖感に脅えたり、自らの出身を真には越えられない彼自身のわだかまりに苦悩したり、出身階級への回帰意識も抱いているように思える。人は、一人では生きていけないものである。労働者階級出身のサイモンは、その階級独特の職場や地域社会での相互扶助の精神を知っている。一方、中産階級はその職業的性質から伝統的に独立心が強く、他者、及び、家族との関係も概して希薄である[20]。現在、家族の中で孤独を感じているサイモンは、そうした中産階級の気質に相容れないものを覚えると共に、サイモンの回帰意識には、よそ者を容易には受け入れようとしないイギリス社会の階層意識が影響しているように思われる。

それでは、現在のロウズはどうであろうか。前述したように、一〇年以上前にロウズは両親の反対を押し切ってクリストファーとの結婚を選択した。当時の彼女は、「私は救いようもなくクリストファーを愛していた」(p.103) と彼への愛を吐露しているが、殆どの財産の寄付を行うなど一種常識を外れた彼女の行動を鑑みると、彼女の選択は彼の有する社会的劣性が彼女の目指す特権の返上という目的と合致していたためであることは否めないと思われる。クリストファーは、イギリスの階層ピラミッドにすら属することができない移民であり、ロウズの有する生まれの特権への関心をはっきりと表すことはしなかったが、彼女との結婚後、彼は社会的野心を見せ始める。彼は結婚に反対だった義父との関係を修復するが、それは彼が拝金主義者である義父同様に金銭的執着心を見せたことがきっかけとなり、義父の事業の手伝いができるようになったからである。徐々に経済力を身につけてきたクリストファーは、ロウズとの親権訴訟において、ロウズが労働者階級の貧困地区に居住し続けている事実が、本来なら自分が子供達に提供できる物質的、環境的恩恵を損なわせていると考えて、争っている。[21]クリストファーはカムデン・タウンの出身で、そこでの生活に溶け込んでいたように見えるが、ロウズに出会った頃もすでに懸命に働いており、ここから抜け出すという彼なりの社会的野心を持っていたようである。

一方、クリストファーとの結婚後、カムデン・タウンに移住したロウズは、その「街をみんな自分のものに創り変え」(p.44)、近隣の者とも相互扶助の精神で暮らし、特権の罪を逃れることによって精神の平安と天国への道を得られると思っているので、現在の暮らしに対する不満はなく、転居の意思もない。子供の頃、常に乳母や家政婦の手に委ねられ、孤独を感じながら成長してきたため、ロウズは労働者階級に特徴的な相互扶助の精神に触れて、ある意味で、孤独感も癒されているのである。

クリストファーもロウズもそれぞれが結婚以前に所有していなかったものに惹かれ、結婚後の彼らの生活は、彼らが選択した相手の結婚以前の生活を受け継いでいる。ロックスマンは、ドラブルの作品では恋人達の願望は相手の社会階級や生活様式を反映することかもしれないと述べているが、[22]まさに、ロウズとクリストファーの結婚は彼らが願う、相手の社会階級や生活を反映したものになっていると言えるだろう。サイモンとロウズが、「所有」の人生と「放棄」の人生を交差して歩いていたように、クリストファーとロウズも「所有」の人生と「放棄」の人生を交差して歩いていたのである。

これまで考察してきたように、対照的な人生選択を行ってきたサイモンとロウズの現在には、また対照的なものが存在する。一見すると、サイモンは人生の成功者で、彼の人生は羨望に値するものであろうが、彼は常に内的苦悩を抱えている。ロウズの人生選択は常軌を逸したものだと多くの者が捉えるだろうが、彼女はサイモンが抱えているような苦悩とは無縁であり、子供の頃の孤独感や富裕であることの罪悪感からも解放されている。二人のこうした意識の相違は、現在の生活におけるそれぞれの満足度と関連していると考えるのは自然であろう。

終わりに

ドラブルは一九六〇年代に五本の小説を上梓し、その全てにおいて若き中産階級出身のインテリ女性を主人公にして、いわゆる「女性の小説[23]」を描いている。だが、一九七〇年代初頭に上梓した『針の眼』では、サイモンとロウズの情事を描いてはいるものの、ドラブルは社会的、道徳的なものへと大きくテーマの方向性を変えている[24]。一九六〇年代の作品で、ドラブルは社会への関心を表していなかったわけではないが、一九七〇年代になって、急激に彼女のテーマに広がりが見られるようになったと言える。

本作品が示唆しているように、現在もイギリス国民の大多数はかつてよりも複雑な要因によって中産階級と労働者階級に二分されている。階層間移動は許容されているものの、特に労働者階級には団結と相互扶助の意識のもと、自らの出身階級で生きていくことを良しとする傾向がある。そこには、努力をして出身階級を越えても、出身階級の影を引きずることを許されない不自由さと、出身階級が明らかになることに脅える恐怖感と存在の違和感があるだけだという思いがある。サイモンは反運命論者の母親の強い後押しと幸運もあって、こうした社会規範に背く形で生きてきた。その結果、彼は母親が望んだ富と社会的地位は手に入れたものの、階層移動を行うことで不自由な思いをし、社会生活上、苦悩する。一方、ロウズは社会的特権を持って誕生したが、自らが受けた教育も影響して、恵まれた環境をそのまま受け入れることができず、特権を返上する生き方を選択している。サイモンの階層間移動を行った結果の精神的葛藤、そして、ロウズの生まれの特権を享受できない後ろめたさ――これらは、全て典型的イギリスの労働者階級や中産階級の苦悩である。ドラブルは、出自の異なる二人が自らの出身階級やその階級特有の性質ゆえに苦悩する様子を描いている。

いつの世にも、人間が存在する限り、様々な種類の階層がある。しかしながら、イギリスにおける階層制度は世襲的意味合いが強く[25]、社会生活を営む上で自らの出身を意識しなければならない不合理と、人生の方向性が定められているような不平等が存在する。世界で初めて産業革命を成功させ、「大英帝国に陽は沈まない」と言われ、世界の多くの国々を植民地としてきたイギリスが、二十世紀後半頃から経済的産業的地盤沈下に苦しんでいる。イギリスの発展を妨げているものは、階層制度とも言われている。

ドラブルはこの作品で階層間移動を行ったサイモンの苦悩と不幸を描き、同時に、自らの特権を返上し、労働者階級の地区で順応し生きているロウズの逞しさと心の平安を描いている。人類の歴史を顧みても、通常、人間は下層階級で生きることよりも、上層階級で生きることを好むものである。しかしながら、こうした二人の人生を描くことで、ドラブルは中産階級には見られない労働者階級の持つ温かさや相互扶助の精神、即ち、その長所を描いている。今まで多くの政治家や作家が、中産階級と労働者階級にほぼ二分されたイギリス国民の姿に言及してきた。ドラブルは、本作品でそれぞれの階層の長所、短所やそこに属する者の自らの出自ゆえの苦悩を描くことによって、イギリスを造っているその精神に疑問を呈し、今後のイギリス社会のために、国民を二分する社会構造に異議を唱えているのではないだろうか。社会に働きかけることができる感性豊かな小説家の役割として、ドラブルが度々社会の矛盾、不平等を描くことで、社会改革という使命を彼女なりに果たそうとしていたように思えてならない[26]。

注

本章は、拙稿「M・ドラブルの『針の眼』(1972) における社会性」(『文学における《愛の位相》―想像力の磁場に―』、東京教学社、二〇〇四年)を基に発展させたものである。

(1) Ellen Cronan Rose, *The Novels of Margaret Drabble: Equivocal Figures* (London and Basingstoke: Macmillan, 1989) 49.

(2) Margaret Drabble, *The Needle's Eye* (1972: Penguin Books, 1973) をテキストとし、以後、本テキストからの引用には括弧内にページ数を記す。尚、日本語訳は伊藤礼訳(『針の眼』、新潮社、一九八八年)を参照させて頂く。

(3) 『シビルまたは二つの国民』については、以下参照。佐久間康夫・中野葉子・太田雅孝編著、『概説イギリス文化史』、ミネルヴァ書房、二〇〇三年、二一二頁。

(4) イギリスでは、言葉の発音や訛りによって出身階級が判断できると言われており、King's English や Queen's English と言われる「容認発音 (Received Pronunciation)」が存在する。イギリス人はこうした「容認発音」で話さなければ社会的上層に上ることもそこで生きていくことも困難だと言われている。簗田憲之・橋本尚江共編著、『イギリス文化への招待』、北星堂、一九九八年、三一―三二頁、四九―五三頁参照。

(5) ポール・スノードン・大竹正次、『イギリスの社会―「開かれた階級社会」をめざして』、早稲田大学出版部、一九九七年、六三頁。

(6) スノードン・大竹、七〇―七一頁、及び、木内信敬監修、『総合研究イギリス』、実教出版、一九九八年、一六六頁参照。

(7) Cf. Susanna Roxman, *Guilt and Glory: Studies in Margaret Drabble's Novels 1963-80* (Stockholm: Almqvist & Wiksell International, 1984) 87.

(8) Margaret Drabble, *Jerusalem the Golden* (1967: Penguin Books, 1969) 26. 尚、日本語訳は拙訳である。

(9) Nora Foster Stovel, *Margaret Drabble: Symbolic Moralist* (Mercer Island: Starmont House, 1989) 119.

(10) Cf. Valerie Grosvenor Myer, *Margaret Drabble: A Reader's Guide* (London: Vision Press, New York: St.Martin's Press, 1991) 74.

(11) 武藤浩史・川端康雄・遠藤不比人・大田信良・木下誠編、『愛と戦いのイギリス文化史一九〇〇―一九五〇年』、慶應義塾大学出版会、二〇〇七年、三一―三二頁参照。

(12) ジョージ・オーウェル、『ウィガン波止場への道』、高木郁郎・土屋宏之訳、ありえす書房、一九七八年、一四二頁。

(13) Cf. Stovel 114.

(14) Cf. Barbara Milton, "Margaret Drabble: The Art of Fiction LXX," *The Paris Review* 74 (1978): 53-54.

(15) スノードン・大竹、六六頁参照。

(16) Roxman 89.

(17) ロックスマンは、イギリス人である労働者階級出身のサイモンのルーツよりも貧困生活を強いられている移民であるクリストファーのルーツの方が、社会階層上、低く位置付けられると指摘している。Cf. Roxman 89.

(18) Stovel 110.

(19) ロンドンNW1区は、メリルボーンの一部（Marylebone）、ユーストン（Euston）、リージェント・パーク（Regent's Park）、ベーカー・ストリート（Baker Street）、カムデン・タウン（Camden Town）、サマーズ・タウン（Somers Town）、プリムローズ・ヒル（Primrose Hill）などから成り、高級住宅地と低所得層の地区が混在している。

(20) スノードン・大竹、六六頁、六八―六九頁参照。

(21) Cf. Rose 76.

(22) Cf. Roxman 89.

(23) Rose 49.

(24) Cf. Roxman 93.

(25) イギリスは合理主義の国で、それぞれの分野（主に政界・官界・軍・司法界などであるが）で社会的貢献が顕著であった者には一代貴族の称号を与えている。しかしながら、この制度はあくまでも一代に限られ、世襲的意味合いがある出自とは異なったものである。

(26) ベアーズは、「イギリス小説は、社会の不平等という批判を通して、伝統的に社会改革に貢献してきた」と述べ、イギリス小説が社会改革の役割を担ってきたことを指摘している。ドラブルもこうしたイギリス小説の伝統的役割を認識して、自らの小説家としての社会的使命を感じているのではないかと思われる。Virginia K. Beards, "Margaret Drabble: Novels of a Cautious Feminist," *Critique* 15.1 (1973): 36.

第六章　『ペッパード・モス』（*The Peppered Moth*, 2000）における家族の肖像とフィクション性の効果

はじめに

二〇〇〇年刊行の『ペッパード・モス』は、ドラブルの一四作目の小説である。この作品は、「あとがき（*Afterword*）」でドラブル自身が述べているように自らの母親キャサリン・マリー・ブルアをモデルとした伝記的色彩が濃い作品である。

ドラブルは、一九六〇年代に若き女性の人生選択における苦悩を描いた作品を刊行し、一九七〇年代初頭には『針の眼』において、彼女お決まりの家族関係の希薄さと共に社会をテーマとする作品を発表した。『針の眼』が一つの契機となり、その後、また社会をテーマとして英国病にかかったイギリスの状況を描いた作品『氷河時代』（*The Ice Age*, 1977）を上梓している。それから、新しいテーマや文体を模索しているような作品『中間地帯』（*The Middle Ground*, 1980）を刊行した後、ドラブルは『輝ける道』（*The Radiant Way*, 1987）に始まる三部作を発表している。リーヴィスの教えを受け、倫理意識を重視したリアリズム小説を得意としていたドラブルであるが、社会

状況をテーマにした作品を発表したり、一九六〇年代最後の作品『滝』では若干の創作上の技法を用いていた。そして、三部作はリーヴィスとの別離と捉えられるような作風の作品となっている。[1] 彼女が作家として世に出た一九六〇年代、その後、一九七〇年代を経て、一九八〇年代半ば頃から世の中が劇的に変化している。特にイギリスにおいては、大英帝国として最盛期を迎えていた頃には世界の約四分の一をその領土としていた国が、一九七〇年代、一九八〇年代の経済的、産業的地盤沈下を経験して、世界におけるその地位を失墜させている。感受性豊かな作家達がそうした社会の変化や自国を取り巻く環境の変化を感じないはずはなかったと思われる。こうした社会情勢の変化もドラブルの作家としてのスタンスに無関係ではないと思う。だが、それ以上に芸術の世界の潮流は、彼女の作家としてのスタンスに影響を与えていると思われる。

一九八〇年代はポストモダンの時代と言われているが、建築の分野でのポストモダンとは、装飾を排した機能性、近代合理性に基づくモダニズム建築に対する反動として現れた、多様性、装飾性、折衷性、過剰性などを特徴とする建築のことである。[2] 文学におけるポストモダンとは若干相違はあるものの、類似性が多いと思われる。文学においては、一九七〇年代にかけて、自己言及性、不確定性、反表象性を特性とする戦後の実験的文学がポストモダニズム文学と呼ばれている。[3] ポストモダニズム文学は十九世紀リアリズム文学との決別を意味し、[4] ポストモダニズム文学の代表的作家と捉えられているアイルランド生まれのサミュエル・ベケット（Samuel Beckett, 1906-1989）はその作品における実験性が評価され、一九六九年にノーベル文学賞を受賞している。また、ポストモダニズムの始まりを示すものに批評理論の隆盛がある。日本では、一九九〇年代前半頃から文学研究は批評理論に基づくものが主流となり、二〇一〇年代の現在、文学研究は批評理論に基づくよりも作品そのものに戻ろうという動きが盛んになってきてはいるものの、批評理論に基づく研究が衰退してしまっているわけではない。こうした芸術界の潮流は、ドラブルが一九七〇年代頃からそのテーマを社会問題に広げると共に、その後リアリズム小説以外の文体や作風に関心を示しはじめ、技巧的で、難解な作風を探る傾向を持つことに影響を与えているのは確かであろう。また、ドラブルがポストモダニズム文学に関心を示すことで、リーヴィスとの別離となる道を彼女が歩み始めるのも自然なことである。

リアリズム小説から社会の実態に切り込んだ小説を発表してきたドラブルは、『ペッパード・モス』では伝記的小説を執筆している。作家が自叙伝を執筆したり、自らの家族を題材として伝記小説を執筆することは珍しいことではない。ドラブルも、当初は『ペッパード・モス』で母親を題材とした伝記小説を執筆することを意図していたようだが、執筆中、伝記小説のみに留まることの困難さを感じて、最終的には作品にフィクション部分も付加する形で『ペッパード・モス』を仕上げている。

英文学研究者であるドラブルは、作品の冒頭にその作品のテーマと関連する著名人の英詩を引用して、自らの作品の題辞とするという手法を多くの作品で用いている。『ペッパード・モス』では、作品の「あとがき」に彼女が記しているように、著名人の詩ではなく、娘レベッカ・スウィフト（Rebecca Swift, 1964-2017）の詩を引用して、題辞としている。同時に、彼女は巻頭辞としてこの作品を「キャサリン・マリー・ブルアへ捧げる（For Kathleen Marie Bloor）」と記し、同じく「あとがき」にキャサリン・マリー・ブルアとは実母のことであり、作中のベッシー（Bessie）は実母をモデルにしていると記している。このことだけに着目してみても、『ペッパード・モス』はドラブル自らの家族をモデルにした、伝記的色彩が濃い作品であることが分かる。[5]

作品は、レベッカ・スウィフトの詩、及び、三頁程の「プロローグ（*Prologue*）」と同じく三頁程の「あとがき」を除いて、約四〇〇頁の過去と現在が交錯した出来事で構成されている。[6] 過去と現在の事柄が交錯していることで、読者にとっては作中の出来事の時系列を捉えることが若干困難になっている。そこには作品を単純化しないというドラブルの意図があると思われる。

ドラブルが僅かな紙面を割いている「プロローグ」に、この作品の主だったテーマが凝縮されている。「プロローグ」を読むと、或る夏の午後、ヨークシャー（Yorkshire）のメソジスト系の教会に、宗教とは関係なく母系系譜に関心を持っている細菌学者ロバート・ホーソン博士（Dr Robert Hawthorn）の「ミトコンドリアDNAと母系系譜」という演題の講演を聞くために、六〇名ほどの人々が集っていることが分かる。この演題にこれから始まる物語が集約されており、『ペッパード・モス』はカドワース（Cudworth）家から一部DNAを共有する、四代に亘る母系子孫の物語である。講演には、無名の老女と彼女に付きそう若い女性が出席している。そこでは、世紀の初めから存在する時間が止まってしまった年代物の柱時計と、携帯電話やホーソン博士が講演で使用するコンピュータ、電子スクリーンなどが共存しており、こうした電子機器の存在が舞台が現代であることを伝えている。新旧の事物を共存させることで、作者は冒頭でこの作品が過去と現在が混在するものであることを読者にそれとなく知らせている。また、先の二人の女性は、作品を読み進んでいくと、老女の方はベッシーの妹ドラ（Dora）で、若い女性の方は、作中、過去と現在を繋ぐ人物として重要な役割を持つカドワース家の四代目ファロ（Faro）だということが分かる。

前述したように、『ペッパード・モス』はドラブル自身の家族を題材にした作品である。しかしながら、カドワース家に関係する四代に亘る母系系譜の前半世代の者達、即ち、すでに亡くなっている「過去」の者達の人生は、確かにドラブル自身の家族の人生に基づくものであるが、後半世代の者達、即ち、「現在」のカドワース家の母系系譜に連なる者達の人生模様は、ドラブルによるフィクションである。この作品がおおよそ同比率でフィクションとノンフィクションから構成されているので、先ず、四代で構成されている約一世紀に及ぶカドワース家の母系系譜に連なる者達の家族の肖像を分析する。そして、フィクションの母娘関係とノンフィクションの母娘関係を絡めることで、ドラブルが作品にどのような効果をもたらすことを意図していたのかという観点から本作品を考察してみる。

六・一 「過去」世代のカドワース家の女性達と家族の肖像

「プロローグ」の後、『ペッパード・モス』はベッシー・ボートリィ(Bessie Bawtry、現姓 Bessie Barron)の幼少期を語ることから始まる。本作品の執筆動機として、ドラブルは母親の死後、小説家の友人に「インクの代わりに母親の血を使って書きなさい[7]」(p.390)との助言を受けたと「あとがき」で述べている。この点からも、本作品でドラブルが一番精力を注いで描きたかったのは、ベッシーという人物のことであったことは明らかである。それゆえ、先ず、二十世紀初めに生を受けたベッシーがどのような人物であったのかを検証していく。また、検証に際して、ベッシーの母親エレン・ボートリィ(Ellen Bawtry)が彼女の人格形成に影響を与えていることは否定できないので、エレンとベッシーの母娘関係を同時に考察し、家族の肖像を探っていくことにする。

ベッシーは、母エレンと電気技師の父バート(Bert、洗礼名 George)との間にボートリィ家の長女として、一九一〇年の若干前にブリスバロ(Breaseborough)で誕生している。彼女には、プロローグに登場する四歳違いの妹ドラがいる。

『ペッパード・モス』では、前述した女性達の初代となるエレンについては詳細に語られておらず、作中、彼女は伏線的に現れるに過ぎない。だが、彼女がベッシーの人格形成に関係していることは確かである。エレンが乳児や子供を好まず、二人の娘達、特に、ベッシーとは密な親子関係を構築していなかったことは、作品から窺える。そして、エレンは自身の子供達も含めて他者に愛を与えるような人物でなかったことは明らかである。ドラブルの作品では、母子関係における愛の不毛がテーマになることが多々ある。二、三例を挙げると、『碾臼』のスティシー夫人とロザムンドの母子関係、『黄金のイェルサレム』のモーム夫人とクララの母子関係、『針の眼』のカミッシュ夫人とサイモン、ブライアンストン夫人とロウズの母子関係、何れにおいても、母親の愛の希薄さが描かれている。ただ、カミッシュ夫人とサイモンの場合は、サイモンには重たいものであったが、彼の人生に干渉することが他者には愛を表さない夫人の息子への愛と捉えられなくもないので、彼女の愛の希薄さは他の母親達のものとは若干異なっている。[8] そうした点も考慮すると、ドラブルが描く悪意ある母親の最たるものは、常に娘を貶めることしか行わないモーム夫人である。[9] ドラブル自身は「母性愛は世の中で最も大きな喜びだと思う」[10] と母性愛の素晴らしさを認めながらも、彼女が愛に飢えた親子関係を繰り返し描くのは、彼女自身の出身であるイングランド中産階級の親子のあり様が関係しているのは確かである。しかしながら、それ以上に、彼女自身の複雑な家庭環境が背景にあると思われる。[11]

『ペッパード・モス』以前のドラブルの作品に見られるこうした困難な親子関係を念頭に置いて、エレンとベッシーの親子関係を主にベッシーの学問に対する熱意とそれに対するエレンの反応から検証してみる。

二十世紀初頭、ヨークシャーの「石炭地帯」(p.5) であるブリスバロに誕生したベッシーは、幼児期、「石炭」と「泥土」(p.6) をひどく嫌う。ベッシーは石炭が放つ「臭い」(p.5) や「埃」に苛立ちを隠せず、「脱出をするか死ななければならない」(p.6) と幼児期から故郷脱出を切望する。[12] ベッシーに訪れる故郷脱出の最初のチャンスは、大学進学である。大学進学への期待ができない家庭に育ったベッシーは、この脱出を成功させるために体力の限界までの猛勉強を自らに課し、ようやく大学進学が可能となる州の奨学金を獲得する。だが、母エレンはそうした娘ベッシーの勉学に対する努力を誇りとは思わない。当時の女性達が置かれていた社会的状況を鑑みると、エレンの学問に対する捉え方は娘を持つ母親としては特別なことではない。しかしながら、こうした二人の関係が、次の引用に見られるようなベッシーの母親に対する反応に繋がっていくのである。

人生の節目でたびたび病に倒れていたベッシーは、猛勉強の末、奨学金を獲得してケンブリッジ大学に進学したものの、二年次に環境の変化と勉学による過労のために病に倒れ、旅費を工面して彼女に会いにきた母エレンを以下のように拒絶する。

> ボートリィ夫人は、墓の扉をノックし、出てこいと言えただろう。しかしながら、そんなことは、彼女には求められていなかった。呼び出しは、無効にされていたのだ。夫人の娘は、中から墓をふさいでいたのだった。(p.119)

墓(tomb)は比喩表現で、ケンブリッジでのベッシーの学寮の部屋のことであるが、前記引用は明らかにベッシーがエレンの訪問を拒絶していることを示している。ベッシーが遠路はるばるやってきた母親にこうした反応をするのは、それまでに二人が親子関係を上手く構築していなかったことを示唆している。

ベッシーは大学在学中も勤勉で、特に、学位取得に関しては、そのプレッシャーから体調を崩しながら前半部の試験に臨み、試験終了後には実際に病気になるほどである。しかしながら、エレンはベッシーの大学進学に際しての奨学金獲得時と同様、娘の勤勉さも努力も、彼女が少しでも上位学位を望むことそのものにも何の関心も示さないし、優秀な成績を収めていたにも拘らず、平凡な学位取得に終わったベッシーの無念さにすら関心がない[13]。娘の人生は娘自身のものであるが、エレンは自分がこの世に生を授けた娘の人生にあまりにも無関心なのである。

ドラブルはエレンを「愛の欠如」(p.119)という言葉で形容しているが、次に、エレンともう一人の娘ドラとの関係を分析し、エレンとベッシーの関係と比較考察してみる。

次は、死期が迫ったエレンの、娘ドラに対する反応である。

エレン・ボートリィは決してドラをその腕に抱いたり、寄り添ったり、揺すったり、慰めたりはしなかった。彼女は、優しい母親ではなかった。そして、ドラは優しい看護人ではなかった。でも、彼女は真面目だったので、最善をつくした。ドラは、夜の見回りで、母親を抱きしめたり、接吻をしたり、その手を握ることができれば喜んでいただろう。しかし、ドラが、一度、結婚指輪をはめた、ふしくれだったあの手に触れようとした時、エレンは怒ってその手をすばやく払った。（中略）ドラは、この拒絶に傷ついたものだった。（p.196）（傍線引用者）

エレンはドラをその腕に抱きしめ、愛撫するような優しい母親ではなかったが、それはベッシーに対しても同じであっただろうと容易に推測することができる。事実、「彼女は母親らしい優しい母ではなかったのである」（p.202）。姉ベッシーのような優能さを持ち合わせていなかったドラは、大学進学はせず、結婚にも恵まれずに、縫製の仕事で生計を立て、[14] 実家近くに家を購入し居住している。ベッシーよりも距離的、空間的にエレンに近いものがあったとはいえ、ドラは愛を表すことのなかった母親に対して、彼女の差し迫る死を前に看病に励み、彼女を抱きしめたいと思う優しさを持ち合わせている。こうしたドラの優しさは、ベッシーとは異なるところである。

エレンとドラの関係よりも、エレンとベッシーの関係がより難しいものであったことは、死期が迫った母エレンへのベッシーとドラそれぞれの反応と彼女の臨終に対する二人の反応から看取できる。人生の終焉に近づいたエレンへのベッシーの反応を考えてみる。

ドラからの母危篤という報に触れても、ベッシーは家事と家族旅行を理由にすぐに母親を訪ねることはしない。連絡から三日後にエレンのもとを訪れたベッシーとエレンの最初の会話は、単に「お母さん、来たよ」、「うん」（p.201）というものであり、それ以上の会話は存在せず、その状況は「何千年にも及ぶ沈黙が彼女達の後ろに積み重なり、彼女達の間に冷たく横たわっていた」という二人の関係の冷淡さを物語るものである。こうした言葉少ない二人の会話は、死期の近いエレンが言葉を発することが難しいことだけに依っているのではない。エレンの最期に纏わる一連のベッシーの言動から、母娘の冷え切った関係は明らかである。では、ここでベッシーがどのような言動を取ったのかを考察してみる。

ドラからの連絡を受け、重い腰を上げて、実家に戻ったベッシーは[15]、帰郷した夜に母親の最期を目前にして、両親の使用していた避妊具のことを話題にできる神経の持ち主である。また、母親が延命したことで、ベッシーは帰宅しようとするが、母親の抗議の視線に触れても、彼女は僅か帰郷二日後には実家を後にすることができる人物でもある。しかも、その帰宅理由は、成人に近くなった年齢の子供達との家族旅行である。その後、家族旅行へ出掛けたベッシーは、旅先に舞い込んだ母臨終の知らせにも動揺することなく家族旅行を続行し、葬儀に参列しないどころか、葬儀の夜に、平然と家族で映画鑑賞すらできるのである。エレンが愛情を注ぐことが不得手な母親であったことが、母親へのベッシーの否定的な思いに繋がったと考えることも可能である。だが、家族旅行の続行に関して、「恐らく、エレン自身も同じことをしていただろう」(p.204)という語りから判断して、ベッシーとエレンはその精神性が似ているのである。

一方のドラは、たとえ義務であったとしても「時と老齢もその性格を改善はしなかった」(p.196)気難しい母親の最期が近づくと、独身の身軽さも手伝って、実家に移り住んでまで母親エレンを看病し、看取り、葬儀を行っているのである[16]。しかも、ドラは先の引用に見られるような母親に対する優しい気持ちを持ち合わせてもいる。こうした点を考慮すると、エレンの最期に対する一連のベッシーの言動は、彼女自身の気質に依るものだと判断ができる。ベッシーのこうした言動に対して、次のような作者の声がある。

我々はこれらのおぞましい人々に関して何をすべきであろうか。(中略)彼らがかつて存在したことをただ忘れ、彼らを葬り去り、できるだけ彼らから遠くに離れようか。（中略）彼らのことや彼らがしたことをあまり真剣に考えると、心は壊れるかもしれない。(p.211)

ドラブルは、度々、インタビューに応えて、様々な事柄に対する自らの率直な考えを述べており、母親についてもその難しい性格のことを吐露している。[17] 前記の作者の声は、常々、ドラブルが抱いていた母親に対するこうした思いの表出と思われる。エレンとベッシーの関係を分析することで、ベッシー自身の人物像もある程度捉えることができたが、次に、ベッシーの幼児期からその人物像を検証してみる。

前述したように、ヨークシャーの「石炭地帯」(p.5) に誕生したベッシーは、その生活環境に悩まされ、石炭の「臭い」(p.5) や「埃」を逃れるために幼児期から故郷脱出を願う。その願望を現実にするために、ベッシーは猛勉強で奨学金を獲得し、大学に進学することで故郷脱出の夢を実現することはできたものの、卒業に際しては勤勉さにも拘らず、平凡な学位取得に終わる。その後、ベッシーは、ジェンダーも災いして、就職難という現実に屈して、戻らないと誓っていた故郷で母校の教壇に立つ選択をする。彼女にとっては、妥協の選択だったと思われる。同じことが、結婚についても言える。結婚に際してのベッシーの心情を考察してみる。

ベッシーの幼馴染みであるジョー・バロン (Joe Barron) は、彼の父親が家業を継がせるためにジョーの大学進学に否定的であったこともあり、ベッシーに二年遅れて奨学金を取得して大学に進学する。大学時代、しばしば体調を崩し将来への不安を抱いていたベッシーは、度々、ジョーに支えられている。世界大戦の狭間であった当時、女性であるベッシーには就職も結婚も困難だったことは容易に想像ができることである。[18] ペンブローク (Pembroke) 出身の男性との結婚話が破談になり、ベッシーは幼馴染みのジョーとの結婚に人生の駒を進めるが、結婚に至る以前に二人は次のような類似の思いを抱いている。

ベッシーは、彼は顔立ちが良く賢いけれども、ジョー・バロンのような地元の少年と結婚するよりももっと良い人生を得られるだろうと思った。（中略）ジョーは、彼女はかわいく賢いけれども、ベッシー・ボートリィのような地元の少女と結婚するよりももっと良い人生を手にできるだろうと思った。（p.105）

ジョーもベッシーも、地元の若者と結婚するよりももっと良い人生を手に入れられるだろうと考えていたのである。では、何故、二人は結婚へと進んだのだろうか。ベッシーの視点から検証してみる。

女性の社会的地位がまだ低かった二十世紀前半に、州の奨学金を獲得して大学進学を果たし、進学後は上位学位取得を目指して猛勉強をするベッシーの生き方を鑑みると、彼女が自尊心高き女性であることは明らかである。進学を嫌悪する故郷からの脱出手段としたにも拘らず、社会情勢も影響して、就職のため、帰郷せざるを得なかった彼女は、再度、結婚を故郷からの脱出手段としている。「恐らく、ベッシーはブリスバロから脱け出すためにジョーと結婚したのだろう」（p.130）と説明されている。自らの優等意識と、家族も含めた他者に対する強い蔑視意識を抱いていたベッシーが、炭鉱労働者の町であるブリスバロと和解ができないのは尤もであろう。作品の冒頭で、ベッシーは炭鉱街の生活環境に我慢ができないと紹介されているが、母親エレンも炭鉱夫である隣人達に対して蔑視意識を抱いており、彼女が母親のそうした価値観を受け継いでいると考えることは妥当であろう。しかしながら、ベッシーの彼らに対する蔑視意識は、上昇志向の薄いエレンのものよりも根深いものがあると思われる。ベッシーの結婚理由の一つは、結婚が故郷からの脱出手段であったということであるが、もう一つはドラブルの「母のキャリアが彼女が希望していたほど順調でなかった時に、母は父と結婚をした」[19]という言葉が説明している。血のにじむような努力を自らに強いても、時代と女性というジェンダーが災いして、ベッシーは望むような学位と職業を得ることができなかった。社会における自らの限界を感受した時[20]、ある意味、結婚はベッシーにとって現実逃避の選択であったのである。次に、互いに性的魅力は覚えているものの、故郷脱出と現実逃避の手段として結婚を選択したベッシーが、どのような家族関係を構築していくのかを考察してみる。

結婚を再度、故郷からの脱出手段としたベッシーは、彼女の願望どおりに結婚によってブリスバロを脱出し、ノーサム（Northam）の郊外に移り住む。ジョーが第二次世界大戦に出征している間、ベッシーは疎開先で臨時ではあるが再度教師として教壇に立ち、平穏な日々を過ごしている。ジョーは戦線から帰還後、政界進出をしたり、弁護士として活躍するが、ジョーの社会的名声に反してベッシーの精神状態は不安定になる。彼女は床に伏したり、その声の調子もその後の生涯続く「口やかましい調子」（p.170）となる。エレンと同様に、子供への愛情が薄いベッシーは、二度の流産を経て恵まれた子供達にも愛を表すことなどなく、子供達は自分達を「欲せられていない副産物」（p.183）と感じている。結婚生活を通して、徐々にベッシーの精神状態は不安定になり改善の兆しもなく、ヨークシャーからサリー（Surrey）州へ転居後は、彼女は活力も無くし孤独感に浸り、鬱状態になる。ベッシーがエレンの臨終前後に前述したような反応をするのは、こうした彼女の精神状態も関係しているのである。ベッシーの尋常でない精神状態の原因は、愛ではなく自らの生活上の理由による彼女の結婚選択だけではなく、血のにじむような努力にも拘らず自らが望むキャリアには至らず、人生の転機で様々な妥協を余儀なくされた自尊心高きベッシーが、現実を受け入れられないことにあると思われる。

一方、妥協ではあったにしろ、別の男性と破談に至ったベッシーを妻として受け入れたジョーは、結婚生活において彼女へ献身的な愛を表している。出征に際して、アメリカへ一家を疎開させようとするのも、戦争から帰還後、政界進出に伴う転居でベッシーに電化製品を買いそろえてあげるのも、感謝の言葉を発することもしないベッシーのベッドへ、長年、朝の紅茶を持っていくのも彼の愛である。そうしたジョーの愛にベッシーは応えることもなく、彼は彼女の自尊心の高さ、利己主義、神経症といったマイナスの要因に、後年、その性格が歪められていく。そして、ジョーは自らの死を覚悟した時、その声に「生涯の後悔」（p.264）を滲ませて、娘クリッシーに次のように警告するのである。

私が逝ったら、おまえはお母さんに用心しなければならない。お母さんにおまえを駄目にさせてはいけない。おまえも分かっているとおり、お母さんはそうしようとするだろう。（中略）ロバート［クリッシーの兄］は助けにならないだろうし、お母さんはおまえから離れないだろう。お母さんは昔のお母さんではないと心配しているのだ。（p.265）

長年、妻ベッシーの尋常でない精神状態に苦しみ、彼女との結婚生活に後悔の念を抱いてすらいるジョーは、ベッシーと距離を保つことで自らの精神の平安と生活を守るよう娘クリッシーに忠告せざるを得ないのである。結婚生活を続けていく間に、徐々に異常になっていったベッシーの精神状態ゆえに、ベッシーとジョーの夫婦関係は困難なものへと変化していった。こうしたベッシーが子供達と愛情豊かな親子関係を構築できたはずはない。

エレンとベッシーという、カドワース家の母系系譜の人物達とその母娘関係を検証することで、エレンとベッシー母娘には性格的類似性があることや、母性愛や他者への愛の欠如が招いている、不幸な家族の肖像を眺めてきた。次に、そうした母親達に養育されたカドワース家の現在世代の母系子孫達が、どのような人生を歩み、どのような家族関係を構築していくのかを検証してみる。

六・二　「現在」世代のカドワース家の女性達と家族の肖像

『ペッパード・モス』のテーマに合わせて、この項では、女性系譜に焦点をあて、人間性に問題を抱える祖母と母を持ったクリッシー、及び、その娘ファロがどのような人生を歩み、どのような母娘関係を構築していくのか、その家族の肖像を探ってみる。

クリッシーは第二次世界大戦の影響で、幼い頃、父親の存在を身近に感じることなく成長している。少女時代のクリッシーは、自由思想の持ち主で、母親の人生を反芻して、学問を修めても主婦として終わるくらいなら現在を楽しんだ方が良いという考えを持つ。母親の頭脳を継承しながらも、母親の「肉体的臆病さ」（p.174）を欠いているクリッシーは、彼女が望まないような男友達と出歩き、少女時代を謳歌する。常に、神経症の母親を身近に感じることで、「母親のようになることは（中略）クリッシーの最も陰鬱な恐怖」（pp.186-187）となり、彼女は母親が好まないタイプの男友達と出歩くことで、自分の人生が母親の人生と重ならないように自己防衛していたと思われる。母親の勤勉さとそれが報われなかった無念さ、そして、人生の様々な妥協に端を発する母親の精神的異常さを肌で感じていたクリッシーは、女性を取り巻く社会情勢も勘案し、もっと気楽に生きる道を模索しようとしていたのであろう。

母親の人生に反発するような少女時代を送ったクリッシーは、やがて、学問の大切さに目覚め大学進学をするが[21]、大学一年次に、今後の彼女の人生を左右することになるニック・ゴールデン（Nick/Nicolas Gaulden）に出会う。クリッシーは出会いから早い段階でニックの不実に気づくが、大学最終年に彼女の方から「試験的別離」（p.247）を提案して、自らを追い求めさせるきっかけを彼に与え、学位取得もせずに二十一歳の誕生日に彼と結婚をする。クリッシーが不実なニックとの結婚に何を望んでいたのかは、次の彼女の思いが語っている。

クリッシーは（中略）ついに本当にベッシーから脱出したと感じた。彼女は、自らの退路を断ったのだった。お母さん、さようなら。(p.255)

母ベッシーが大学進学と結婚を故郷からの脱出手段としたように、クリッシーも大学進学と結婚を母親からの脱出手段としている。特に結婚では、クリッシーはニックの不実を承知していながらも、「退路を断ったのだ」と実家との決別を示唆して、[22] ついに母親から脱出ができたと考えている。[23] ベッシーに対するクリッシーの否定的な思いは、かつてケンブリッジを訪れた母エレンをベッシーが頑なに拒否したことを彷彿させるものがある。クリッシーは精神を病んでいく母親を身近で感じながら成長している。そうした母親とその家庭からの脱出をクリッシーが願ったのは、自然なことであろう。クリッシーは母ベッシーの好みではないニックと結婚すれば、ベッシーが自分の周辺に現れることは少ないと判断してこの結婚を選択したとも思われる。

結婚によって母親からの脱出を願ったとはいえ、ドラブルが描く多くの女性人物達のように、もしクリッシーが性に対して臆病であったなら、彼女は信頼に値しないニックとの結婚には至らなかったはずである。

女性の最初の性体験は、しばしば失望させられるものであり、不完全なものである。クリッシー・バロンのものは、彼女にとって不幸にも、恍惚感をもたらしたのであった。(p.244)

ベッシーにしても、クリッシーにしても、ドラブルのヒロイン達には珍しく、結婚相手に性的に魅了されている。ベッシーの場合は、そのことが彼女の人生に不幸をもたらすことにはならなかったが、クリッシーの場合は、ニックとの結婚が彼女の人生に大きな影響を与えることになる。ドラブルの女性登場人物達の多くは性的臆病者で、多くの場合、そうした彼女達の姿勢が人生の岐路で幸福を妨げている。クリッシーの場合は、それとは反対に彼女の肉体的大胆さが自らの人生の躓きを招き、[24]彼女とニックの関係は結婚後すぐに終焉を迎えることになるが、彼女には一人娘ファロが誕生する。

では、クリッシーとファロがどのような母娘関係を構築していくのかを考察してみる。クリッシーの人生は、ニックとの結婚生活が破局に至ることで終焉を迎えるわけではない。それゆえ、先ず、彼女がニックとの結婚によって、本当にベッシーから解放されたのかを検証して、ベッシーとクリッシーの母娘関係が少なからず影響を与えるクリッシーとファロの母娘関係を考察することにする。

クリッシーは、ベッシーが好まないニックとの結婚でベッシーから解放されると考えていたが、身持ちが悪いニックの次なる女性の出現とファロの誕生までの僅か一〇か月間しか、二人だけの生活は続かない。度重なる新たな女性の出現で、クリッシーはニックとの結婚生活に終止符を打ち、ファロの小学校進学を待って図書館で働き始める。元来、ベッシーの優秀さを継承しているクリッシーは、徐々に仕事において頭角を現す。そして、仕事を通して知り合った著名な考古学者ドナルド・シンクレア（Donald Sinclair）と再婚をする。ニックを好まなかった知識人で自尊心の高いベッシーは、学者のドナルドとクリッシーの再婚を喜び、二人の新居を度々訪れるようになる。

一九六一年のクリッシーの最初の結婚から一九八〇年代初めの彼女の再婚までの約二〇年間、ベッシーとクリッシーがどのような母娘関係であったのかは、言及がほとんどなく、作中からは、はっきりと読み取れない。しかしながら、ベッシーの精神的不毛さに悩まされ続け、クリッシーの再婚を待たずして一九七〇年代後半に亡くなった父ジョーが、死を前にして娘に告げた母親に関する先の忠告から判断して、最初の結婚でクリッシーがベッシーから解放されることはなかったと思われる。というのは、クリッシーとニックの結婚生活があまりに短いものでしかなかったので、ベッシーの視点からすると、娘との繋がりを阻む存在が無くなる状況がすぐに生じているからである。そして、ドナルドというかつて大学で自分が専攻した学問領域を専門とする社会性を身につけた学者を新しいパートナーにできたクリッシーは、自らの人生の再出発に成功したのと同時に、母親ベッシーとの関係も深まっている。クリッシー自身にとっては、ドナルドとの結婚にはやはり母親ベッシーからの逃避という思惑があったようであるが、クリッシーのそうした思惑は功を奏していない。クリッシーの思惑に反して、ベッシーはクリッシーの再婚後、彼女の新居を度々訪問するようになるし、気難しいベッシーが、クリッシーを連れ出した大西洋横断船旅に関して彼女へ感謝の念を抱くこともそれを示唆している。再婚によって、クリッシーの思いとは逆に、母娘の関係は深まっているのである。だが、母娘の修復された関係、即ち、幸福な時は、大西洋上でのベッシーの急逝によって長くは続かない。クリッシーは若い時には厭っていたベッシーと、最後は普通の母娘のように旅に出られたことを喜んでいるように見えるが、ベッシーの急逝に次のように感じている。

時と空間が彼女の前に広がっていた。彼女がどこに行こうが、何をしようが自由だった、そして、彼女が行うことは何もこれ以上ベッシーを傷つけないだろう。彼女は、もはや世間の侮辱やあざけりから、敵意ある他人から、自分自身から母親を守る必要がなかった。彼女の苦悩する母親は、もう苦しむことはないだろう。終わったのだった。彼女は、思考、言葉、或いは、行為において、母親をこれ以上決して傷つけることはないだろう。(p.325)

ベッシーの急逝によって、今まで抑圧されていたクリッシーは解放感と安堵感を覚えると共に、今後自分が母親を傷つける心配もないという安心感を覚えている。そして、母親の急逝という現実に船上で直面しても、その死からの気分転換のためとはいえ、クリッシーはファロの人生に賭けてルーレットを回す余裕があるのである。エレンの死に対するベッシーの反応の異常さとは比較にはならないが、実の母親の死にクリッシーが解放感と安堵感、そして、安心感を覚えることに、二人のこれまでの関係を看取することができる。

次に、クリッシーとファロとの母娘関係を考察する。「プロローグ」におけるドラとの登場が示唆するように、ファロは過去と現在を繋ぐ人物として存在している。そして、現在進行形でストーリーが展開するその現在の事柄に関して、ファロは中心的立場にいる。過去と現在が交錯する作品である『ペッパード・モス』において、現在進行形のストーリーとは、ホーソン博士の講演を聴くためにヨークシャーの教会に人々が会している「プロローグ」で語られる或る夏の午後から、ドラが倒れ、彼女の家の整理をファロが行うその年の冬までと判断して良いと思われる。主に、この半年ほどの間の二人を観察することによって、彼女達の母娘関係を考察してみる。

ベッシーへの反発もあって、若い頃、自由奔放に生きていたクリッシーは、ニックとの離婚後は落ち着いた生活をしており、ファロに対しては母親として娘の生活を見守っている。血のにじむような努力が報われず、様々な妥協を強いられ、人生に満たされずに精神を病んだ母ベッシーのようになることが「恐怖」(p.187)であったので、クリッシーは母親を避けることを覚え、母親の愛に飢えながら成長してきたと思われる。娘にとって、通常は人生の良き理解者となる母親はクリッシーには避けるのが望ましい相手であり、且つ、女性にだらしない夫も頼りにできなかったクリッシーは、ファロと二人で生きるしか選択肢はなかったが、ファロとは通常の母娘関係を構築することができているように思われる。[25] 母親としてクリッシーはファロの幸福を誰よりも願っているし、大西洋上でのベッシーの急逝後、船上で参加したルーレット占いでも、ファロの将来の幸福に賭けてルーレットを回している。ファロの方も自分が母親と「あまりに親密」(p.154)だと感じており、また、人生の先輩であるクリッシーを頼りにもしている。科学ジャーナリストとして生計を立てている彼女には、同年代のセブ(Seb/Sebastian)という、ホラー小説を書く恋人がいる。しかしながら、セブの陰鬱さと自分に対する依存を負担に感じ始めているファロは、新たに出会ったスティーブ(Steve)の存在もあって、セブとの別離を決意する。

そして、ファロはその判断の妥当性を後押ししてもらうために、母クリッシーを訪ねる。クリッシーの考えは、次のようなものである。

クリッシーは、ファロにとって、彼女があまり好きでない者を追いかけて自らの若い人生を浪費するのは、全く馬鹿げていると思っている。セバスティアンにはそれを期待する権利はないし、ファロは彼にすぐにそのように告げるべきだ。ファロがしないのなら、クリッシーがしよう。当然ながら、クリッシーはセバスティアン・ジョーンズの惨めさ、或いは、迫りくる死を全く気に留めていないのである。（中略）彼女は、自分の娘のほうをずっと心配しているのである。(p.360)（傍線引用者）

前述したが、かつてドラブルはインタビューに応えて、「母性愛は世の中で最も大きな喜びだと思う。（中略）母性愛はとても純粋な愛の形であるが、性愛はそうとは限らない㉖」と述べている。親子関係の難しさを描くことが多いドラブルであるが、彼女自身は母性愛の素晴らしさを理解している。クリッシーは精神を病む母親からの脱出を願って、不実な男性との結婚を選択した。その結果、結婚生活に恵まれず、娘と二人で生きていく人生を余儀なくされた。結婚にそうした失敗をした経験があるクリッシーが、影のある男性に若さを浪費せずに自分の幸福を追求するようファロを励まし、彼女の人生を真剣に考えるのは、娘を思う母の姿であり、ドラブルが言うところの母性愛によるものである。

子供への愛情が薄いベッシーの母としての姿勢ゆえに、クリッシーは母の愛に飢え、且つ、精神に異常をきたした母から逃れることを人生の目標のようにして生きてきた。当然、クリッシーはベッシーとの愛情豊かな母娘関係など構築できるはずはなかった。最初の結婚に失敗したクリッシーは、後年、良きパートナーに恵まれて再婚すると共に、ベッシーの晩年、逃れたかった母親との関係も若干好転させている。だが、クリッシーがベッシーの死に解放感や安堵感、安心感を覚えていることから、やはり彼女の中でベッシーの存在が負担であったことは確かである。クリッシーは母親を反面教師として、母として娘に愛を注ぐことを覚え、夫への失望もファロへの愛に変え、ファロとの関係を密なるものに発展させてきたようである。

六・三　作品の重層性

『ペッパード・モス』は、一九一二年のベッシーの幼少期から彼女の死後約一〇年の一九九〇年代初めまでのおよそ一世紀に亘る、カドワース家に連なる四代の女性達の人生模様を描いた作品である。このテーマだけに着目してみると、今までドラブルが幾度となく繰り返してきたテーマであり、そこに新鮮さはない。だが、約一世紀に亘る、一部のＤＮＡを共有した女性達の人生模様を描くという、今までにはないスケールの大きさがそこにはある。こうした作品を単調に終わらせないために、ドラブルは幾つかの創作上の技法を用いている。そうした技法に関して考察してみる。

『ペッパード・モス』は大きく二つのパートに分けることができる。それは、故人となっている過去世代のパートと、現在生存している現在世代のパートである。そして、ドラブル自身が「あとがき」で述べているように、過去世代の人生模様と家族関係は実録であるのに対して、現在世代のそれはフィクションである。『ペッパード・モス』の執筆理由として、ドラブルは作家仲間に母親についての執筆を促されたこともあるが、母親をよく理解するために執筆に着手したことを明らかにしている。更には、両親や家族の状況を知るために父親が友人に宛てた手紙を活用したことなども明かしている。また、ドラブルが巻頭辞としてこの作品を「キャサリン・マリー・

ブルアへ捧げる」と記していることからも、ドラブルの当初の『ペッパード・モス』執筆目的は、ベッシーという自らの母親である人物の生き様を描くことにあったのだろうと想像できる。そうした目的のみでの執筆であったのなら、『ペッパード・モス』は実録となる過去世代のことを描くだけで十分だったはずである。しかしながら、父親、叔母らを絡めて母親の実録を書くことの創作上の大いなる困難に遭遇したドラブルが実際に書き上げたものは、ノンフィクションの過去世代の家族史や家族の肖像だけといったものではない。フィクションの現在世代からなる部分をノンフィクションに付加して、過去世代とは異なった気質の人物達や異なった母娘関係を構築していく親子の物語を加えたのである。ドラブルは、こうして約一〇〇年に及ぶ新旧の二つの世代を、生真面目さと笑劇的要素を加えて描いている。

N・F・ストーベル（Nora Foster Stovel）は、「『ペッパード・モス』は、ドラブルの母の幻影を眠らせるための試みである」[27]とこの作品の果たしている役割を述べている。こうしたことも、ドラブルの出発点としては、家族史、特に母親の実録を書くということが目的だったのではないかという推測を強くするが、最終的に出来あがった作品は、彼女にとって新しいアプローチとなる、ドキュメンタリーと小説の両方をおよそ同比率で備えたものとなっている。作家が作品を執筆する際に、フィクションの部分に自分の経験に基づくノンフィクションの部分を若干加えて作品を完成するということは、よくあることである。しかしながら、ドラブルは、この作品で過去世代の部分はノンフィクションであるが、現代世代の部分はフィクションであるというようにして、作品を構成する二大パートをノンフィクションとフィクションで構成しているのである。そのため、語りを例に取ってみても、作者ドラブルの声が作中に現れたり、時代、ストーリーごとに異なった語り手が存在するものとなっている。

『ペッパード・モス』は、ノンフィクションとフィクションが混じりあった作品であるばかりではなく、四代に亘るカドワース家の母系系譜の人物達を存在させて、彼女達の人生、家族関係を空間的、時間的に錯綜させて編み込むという手法の作品である。それゆえに、ドラブルは時系列に沿って過去世代の者達の人生から語っていくという手法を取らずに、過去世代と現代世代の者達の人生を交差させたり、時間を逆行させせたりして、自由に語りを繋いでいる。(28) それぞれの事柄の時がはっきり言及されていない場合もあり、時間も逆行したりしているので、読者がその時系列を一つ一つ追っていかなければクロノロジーが摑めない所が多々ある。ドラブルが曖昧性を含むこうした手法を採用したのは、読者に容易にこの作品を読ませることを避け、読者自身が想像力を働かせて、作中の過去の出来事から現在の出来事へとストーリーを繋いでいくことを求めていたからではないだろうか。ドラブルは、創作において、現代作家に求められていることを次のように述べている。

ポストモダニズムが単純な小説を壊したので、現在、単純な小説を書くことはとても難しくなっています。人々は、重層的な方法で書き始め、もとに戻ることはとても困難です。単純な物語を書くことは、今は、とても難しいことです。若かった頃は、私は語りの技法など心配せずに、ただ書いただけでした。しかしながら、今は、書き始めたばかりの若い作家ですら、若い小説家は、語りの技法の選択についてこうした困難に直面するでしょう。(中略) 私達は、技法を気にし、多くの小説家、殆どの小説家は、複合的視点や複合的語りの方法を用います(29)……

現代作家の一人であるドラブルは、現代小説に与えたポストモダニズムの影響をこのように感じている。ポストモダニズムの影響で作家達は単純な手法での創作活動を行うことができなくなり、競って難解な作品を創作することに挑戦していると言う。その結果、複合的視点や語りを用いた作品が刊行されるに至っているのである。ドラブル自身が語るように、若い頃の彼女の作品は創作上の技法を用いたものは殆どなく、若き作家がその胸のうちを活字にしていたように思われる。しかしながら、こうした時代の変化の中に身を置く作家達は、時代の流れというものを無視することができず、その結果、優れた作品が刊行されているのか、ただ難解なだけの作品が刊行されているのかに拘らず、創作上の技法に気を配らなければならない状況となっている。『ペッパード・モス』において、ドラブルが作品に難解さをもたらす前述したような手法を用いたり、ドキュメンタリーか小説か分からないような作品にこれを仕上げたのも、現代小説家が直面している時代が持つこのような事情とも無関係ではないと思われる。

次に、本作品のタイトルが意味することを考察してみる。〈ペッパード・モス〉とは、自然界の荒波の中で生き延びるために、環境の変化に順応してその羽の色を変え、小鳥などに捕食されるのを防御した、主にヨーロッパに生息する蛾のことである。[30] ドラブルが、〈ペッパード・モス〉をメタファーとしてタイトルに採用しているのは間違いない。

作品の中心人物であるベッシーは、故郷を嫌い様々な所に転居したが、血のにじむような学問への努力にも拘らず、様々な点で妥協せざるを得なかった自らの人生を受け入れることができず、神経症を発症して環境に順応ができないままに亡くなっている。彼女の孫ファロは「プロローグ」に初めて登場し、『ペッパード・モス』はファロで始まりファロで終わっている。作品の初めでは、ファロは「ミトコンドリアＤＮＡと母系系譜」(p.2) という演題の講演を聞くためにヨークシャーのメソジスト系教会に過去世代の生き残りのような高齢の、母の叔母ドラに付き添うだけの若い女性として登場している。彼女は過去と現在を繋ぐ人物として存在しているが、作品の最後で、ファロは将来性のない恋を捨て新たな男性との恋に明日への希望を繋いでいる。また、ファロは脳卒中で倒れたドラの家を処分するために、彼女の家を整理することで見出した過去に繋がるものを捨てている。そして、ファロはドラの家の整理で、『ファロの娘（*Faro's Daughter*）』と『黒い蛾（*The Black Moth*）』という二冊の本を見つけている。ここには、過去を象徴するドラの衰弱に反して、若いファロが次代へとＤＮＡを繋いでいくことを意味する、彼女の未来への羽ばたきを読み取ることができる。最後にファロが『黒い蛾』という本を見つけることは、祖母ベッシーにはできなかったが、環境に順応して生きていく〈ペッパード・モス〉同様に、逞しく人生の荒波を生きていくであろう今後のファロのことを示唆していると思われる。こうしてファロは、作品の終わりでは、過去を整理して未来へと希望を繋ぐ象徴として存在している。

終わりに

『ペッパード・モス』は過去と現在の混在を示唆するように、過去を表す無名の老女とその傍らにいる現在を表す若い女性の登場で始まり、若い女性、即ち、ファロに未来が託されて作品は終わる。ドラブルはこの作品で自らの母親を題材にして過去世代の親子関係を描いているが、そうした困難な親子のあり様はこれまでドラブルが幾度となく描き続けてきた親子関係を彷彿させるものがある。彼女が不幸な親子関係を執筆し続ける原点は、自らの親子関係も含めて個人的な経験にあるのかもしれない。作中の過去世代の母娘関係、そして、過去から現在へ至る世代の母娘関係には、暗さと不幸せさを感じるが、結末では、順応を表す小説のタイトルに呼応して母娘関係にも明るさがある。同時に、これまで希望を感じることができなかったこの作品から未来への希望も感じ取れる。

「あとがき」にドラブル自身が記しているように、本作品執筆に際して、彼女は相当な苦労をしたようである。母親の生き様を描くことが当初のドラブルの『ペッパード・モス』執筆目的であっただろうが、家族の伝記的なものを描くとなると家族に関する彼女自身が知らない情報を集める苦労もあっただろうし、家族史となると現在生存している家族への言及も必要となり、生存者のことを絡めて描くことで、その後の社会的反応にも配慮をしなければならなくなってくる。ドラブルは、一九六〇年代に中産階級の女性達だけを主人公として、彼女達の生き様を描いてきたが、一九七〇年代からは社会問題などをテーマとする作品を執筆し、その後一九八〇年代後半から一九九〇年代前半にかけては三部作を執筆した。作家として円熟期に達していた彼女にとって、二〇〇〇年刊行の『ペッパード・モス』を家族史の執筆のみで終わらせて良いのかという問題もあったのではないかと思われる。現代作家達が置かれている状況を先のように意識していたドラブルが、社会の反応を考慮せずにこの作品を執筆することは困難だったはずである。そうしたドラブルは、巻頭辞としてこの作品を「キャサリン・マリー・ブルアへ捧げる」と記してはいるが、フィクションとなる現在世代も存在させて、その人生模様と家族関係、時代を絡ませて描くことで作品を重厚にしたり、暗さだけが目立っていた作品に一種コミカルな部分を付加したりして、まだ存命中の家族についての記述は一部を除いて割愛するという選択をしたのではないだろうか。このような創作手法を選択することで、ドラブルはこの作品を単にドキュメンタリーということで終わらせずに、小説的要素を付加して、二重の要素を持つ作品とし、且つ、約一〇〇年に及ぶ一つの家に連なる四代の女性達の人生を、過去と現在を錯綜させて語るというスケールの大きな仕事に取り組むことができている。勿論、ドラブル自身が語っているように、実母を中心とする家族の人生を描くことに関する創作上の問題が、伝記的なドキュメンタリーだけを描くことを困難にしたという理由は存在しており、複合的理由がこうした二重の要素を備える作品の誕生を促したことは確かである。しかしながら、ドラブルが作家としての自分の立ち位置というものを意識していなかったならば、時系列を複雑にしたり、過去世代と現代世代の者達の人生を交差させたりせずに、もっと平易に本作品を描くことが可能だったと思われる。ドラブルは初期の作品では作品の平易さを心がけていたが、本章の「はじめに」で述べたような時代思潮の中で、フィクション部分を付加することによって、作品に重層性を加えることは意識していたと思われる。

注

本章は、拙稿「M・ドラブルの *The Peppered Moth* に関する一考察―家族の肖像と作品の重層性―」（『九州女子大学紀要』第五〇巻一号、二〇一三年）に大幅に加筆修正を加えたものである。加筆修正に際して、ドラブルの作品における親子関係に関しては、拙稿「M・ドラブルの『黄金のエルサレム』における家族関係―母娘関係から中心に見た或る家族の姿―」（『英米文化』第三七号、二〇〇七年）で分析した親子のあり様を基底にしている。

（1）K・P・クヌッセンは、*The Gates of Ivory* に見られるドラブルのリーヴィスからの別離を以下の論文で論じている。Karen Patrick Knutsen, "Leaving Dr. Leavis: A Farewell to the Great Tradition? Margaret Drabble's *The Gates of Ivory*," *English Studies: A Journal of English Language and Literature* 77 (1996): 579-591 参照。

（2）ピーター・バリー、『文学理論講義―新しいスタンダード―』、高橋和久監訳　ミネルヴァ書房、二〇一四年、九二―九三頁参照。

（3）上田和夫・渡辺利雄・海老根宏編、『二十世紀英語文学辞典』、研究社、二〇〇五年、一一〇九頁参照。

（4）倉持三郎、「序論　ポストモダンとポストコロニアル小説」、『一九九〇年代のイギリス小説―ポストモダニズムとポストコロニアルリズム』、二十世紀英文学研究会編、金星堂、一九九九年、七頁参照。

（5）前述したが、ドラブルの姉バイアットは、母親を題材とした『ペッパード・モス』に関して、あまりにも母親の描き方が辛辣だとして作品を好意的に受け止めていない。バイアット自身も『砂糖』(*Sugar*, 1983) という作品で自らの家族の肖像を描き、母親がモデルとなった人物が登場しているが、そこでは作家としての彼女を育て上げた母親の姿が描かれ、『ペッパード・モス』のベッシー像とは趣が異なっている。田原節子、「A・S・バイアットと「母の肖像」―*Sugar* にみる語りの構造―」、『大みか英語英文学研究』第七号、二〇〇三年、三九―四八頁参照。

（6）田原節子、「虚構としての母の肖像―M.Drabble, *The Peppered Moth* を読む―」、『大みか英語英文学研究』第八号、二〇〇四年、四四頁参照。

（7）Margaret Drabble, *The Peppered Moth* (2000: Penguin Books, 2001) をテキストとし、以後、引用には括弧内にページ数を記す。尚、日本語訳は拙訳である。

（8）カミッシュ夫人は息子の教育に情熱を注ぎ、サイモンの後押しをして彼を社会の上層へと導いている。こうした夫人の行為は、息子への愛によるものと解釈することは可能である。しかしながら、夫人が息子の後押しをして、貧困生活からの彼の脱出を強く願ったのは、自らの満たされない野望を息子に投影したことによるものであり、息子への愛というよりも自分自身の野望のため、即ち、自己愛によるものと解釈する方が妥当だと思われる。

（9）ドラブル自身、ミルトンとの対談で「自らの小説での最悪の母親は、自分の母親の人生を惨めなものにした自分の祖母をモデルにした『黄金のイェルサレム』の母親である」と述べている。Barbara Milton, "Margaret Drabble: The Art of Fiction LXX," *The Paris Review* 74 (1978): 56.

（10）Diana Cooper-Clark, "Margaret Drabble: Cautious Feminist," *Critical Essays on Margaret Drabble*, ed. Ellen Cronan Rose (Boston: G. K. Hall & Co., 1985) 28.

（11）ドラブルは筆者との対談で、「母親はとても気難しい女性で、私達は複雑な関係だった」と述べている。Miho Nagamatsu, "Changes in Writing Methods and Points of View: A Conversation with Margaret Drabble," *Bulletin of Kyushu Women's University* 49.1 (2012): 231. また、前述したように、ドラブルはミルトンとの対談で自分の祖母のことも「母親の人生を惨めなものにした」と言い、祖母と母親の難しい関係に言及している。Milton 56. 更に、ハーディンとの対談では、我々読者は、若い頃のドラブルが自らの母親から離れたいと思っていたことを知ることができる。Cf. Nancy S. Hardin, "An Interview with Margaret Drabble," *Contemporary Literature* 14.4 (Autumn 1973): 278. インタビューでのドラブルの言葉から、ドラブルの祖母、母親共に気難しい人物で、ドラブルも含めてそれぞれの親子関係が複雑で寂しいものであったことが推測できる。

（12）『ペッパード・モス』は半ば伝記作品であるので、前半世代の登場人物達がドラブルの出身地であるヨークシャーと関係しているのは当然であるが、彼女の他の作品でも、ヨークシャーに関係している登場人物が多く存在する。そして、イングランド北部に位置する気候的にも産業的にもあまり恵まれていないこの地を嫌悪し、青い鳥を求めてそこからの脱出を願っている登場人物も存在している。年代は異なるが、ベッシーのヨークシャーからの脱出願望には、『黄金のイェルサレム』のクララ・モームの願望との類似性が感じられる。

（13）二十世紀後半においても、イギリスの最高学府における大学卒業時の学位の種類には、男女格差が生じている。それゆえ、そもそも女性の大学進学率がかなり低く、性差別も横行していた第二次世界大戦前の二十世紀前半に大学進学をしたベッシーの時代に、女性が優等学位（1st class honours degree）を取得するにはかなりの困難が伴うだろうことは容易に推測ができる。岡山・戸澤は、一九九〇年代半ばのケンブリッジ大学において優等学位取得に際しての男女比にバランスが欠けていたこと、特に、歴史学部においては優等学位取得者の男女比にかなりの相違があったことを『サッチャーの遺産―一九九〇年代の英国に何が起こっていたのか―』、晃洋書房、二〇〇一年、一六七頁で指摘している。

(14)ヴィクトリア時代において、中産階級の女性達はレディという規範に収まるために就業を阻まれ、彼女達に唯一社会的に認められていた職業はガヴァネスであった。一方で、就業している女性達の大半は労働者階級出身で、その典型的職業はお針子、店員、工場労働者、家事使用人などであった。その社会潮流を受け継ぐ二十世紀前半のイギリス社会において、出身階級がそれ程高いわけでないドラが従事していた職業は縫製の仕事だったが、それは典型的な女性の職業だったと見なすことが出来よう。ヴィクトリア時代の女性の職業については、久守和子・窪田憲子・石井倫代編著、『たのしく読める英米女性作家』、ミネルヴァ書房、一九九八年、三四―三五頁参照。

(15)故郷、ブリスバロを嫌悪するベッシーは、一九五〇年代にサリー州へ転居してからは、母親の見舞いとなるこの訪問を除いてはブリスバロに戻っていない。

(16)作品では、エレンの最期に際してのドラの献身的行為に対して、母性愛を表すこともなかった気難しいエレンが死を目前にしてドラに謝意を表していた可能性を示唆している。『ペッパード・モス』、pp.311-312 参照。

(17)Cf. Nagamatsu 231.

(18)歴史上、男性と女性の社会的地位が平等でなかったことは、周知の事実である。日本と比べて、イギリスは女性の社会進出が進んでいるように思われるが、ヴィクトリア時代において、経済活動を行うのは男性で、家庭を守るのは女性だとする社会的イデオロギーが出来上がっている。ベッシーが生きた時代はヴィクトリア時代ではないが、二十世紀初頭においては、ヴィクトリア時代の社会的イデオロギーは残存していたであろうし、その名残で彼女の意に反して、結婚後、ベッシーは教職を退くことを強いられている。また、ヴィクトリア時代に、イギリスは帝国主義政策を取っており、若い男性の多くは海外や戦場に送られている。その結果、男性よりも女性の人口が圧倒的に多くなっており、「余った女性」として一生を過ごす女性も多かった。実際、ヴィクトリア時代の作家G・R・ギッシング(George Robert Gissing, 1857-1903)は、『余った女たち』(*The Odd Women*, 1893)という小説を書いている。ヴィクトリア時代終了後の二十世紀初頭にベッシーは誕生しているが、彼女が成人に達したのは第一次世界大戦(一九一四―一九一八)後であるので、当時はヴィクトリア時代同様、女性には結婚難の時代であったと思われる。

(19)"Mothers and Daughters," *The Guardian* 16 Dec. 2000, 3 Aug. 2012 <http://www.guardian.co.uk/books/2000/dec/16/fiction.features>.

(20)二十世紀末のイギリス社会においても、大学教員の男女比と職位に格差が生じている。岡山・戸澤は一九九〇年代半ばから後半にかけてのケンブリッジ大学における教員数、契約教員数の男女比、及び、職位の格差を調査している。世界の最高峰を誇るケンブリッジ大学において、二十世紀末ですら男性を主導としたジェンダーによる格差が存在しているのである。このことからも、ベッシーが学位を取得した二つの世界大戦の狭間の時代では、就業に関して女性を取り巻く社会環境が過酷であったことは明らかである。二十世紀後半のケンブリッジ大学での就業における男女格差の現状に関しては、岡山・戸澤、一六四―一六七頁参照。また、ベッシーが抱えるこうした就業に関する女性特有の苦悩は、若干、笑劇的要素があり、ベッシーの場合と異なってフィクションではあるが、『夏の鳥かご』の二人の姉妹も経験しているものである。本書第二章、参照。

(21) クリッシーの大学進学は、母親の憂鬱症の、ごまかし的抱擁からの脱出との指摘もある。Cf. "*The Peppered Moth* by Margaret Drabble," *The Guardian* 19 Jan. 2001, 3 Aug. 2012 <http://www.guardian.co.uk/books/2001/jan/19/digestedread>. そうだとすると、ベッシーが大学進学を故郷からの脱出、即ち、現状からの脱出と捉えたのと同様に、クリッシーも大学進学を現状からの脱出と捉えていることになる。

(22)『イメージ・シンボル事典』によると、舟を燃やすことは帰還ができないということなので、"to burn one's boat" とは背水の陣を意味している。アト・ド・フリース、『イメージ・シンボル事典』、山下主一郎他一〇名共訳、大修館書店、一九九四年、七五頁参照。

(23) ドラブルは「結婚」についてのエッセイで自らの結婚に触れて、「キャリアは家を離れる十分な理由と考えられていなかったので、当時、女性達は母親から逃れるためにまだ結婚をしていた」と述べている。ドラブルの結婚は、ケンブリッジ大学で最終試験を受けた直後の二十一歳になったばかりの一九六〇年である。クリッシーの結婚も同時期で、二十一歳の誕生日にクリッシーはケンブリッジ大学で学位を取得しないまま結婚に至っている。二人の結婚には若干の類似点があり、結婚に対する当時のイギリス女性達を取り巻く社会的状況が、二人の結婚に反映されているものと思われる。ドラブルの結婚観に関しては、以下参照。Margaret Drabble, "On Marriage," *The Threepenny Review* Fall 2001, 10 Aug. 2012 <http://www.threepennyreview.com/samples/drabble_f01.html>.

(24) ドラブルは、彼女の一九六〇年代の作品に登場する性に臆病なイギリス女性達の姿は、かつてのイギリス女性達の典型的な姿であったと述べている。また、現在のイギリス女性達の性に対する考え方は、かつてのイギリス女性達の消極的考え方とは大きく異なっていることを指摘している。Nagamatsu 232-233 参照。クリッシーは一九四〇年生まれで、ドラブルの初期の作品の主人公達世代であるが、『ペッパード・モス』は二〇〇〇年刊行の作品なので、彼女の性に対する考え方は、現在のイギリス女性達の考え方が反映されているようである。

（25）カドワース家に繋がる四代の女性達の中で、現在世代のクリッシーとファロはドラブルによるフィクションの人物であるが、過去世代の者はドラブルの祖母と母をモデルにしたノンフィクションの人物であることを考慮すると、現在世代の者は世代的にドラブルとレベッカにあたる人達と考えられる。ドラブルは、この作品の題辞に娘レベッカの詩を引用したり、筆者との対談でも娘との関係の良好さを語っていた。Nagamatsu 231 参照。また、レベッカの最期に際しては、ドラブルは献身的に看病をしている。これらのことを鑑みると、二人の関係には本来のドラブルと娘レベッカの関係が反映されているように思える。

（26）Cooper-Clark 28.

（27）Nora Foster Stovel, "Margaret Drabble: *The Peppered Moth*," *The International Fiction Review*, 19 Aug. 2012 <https://journals.lib.unb.ca/index.php/IFR/article/view/7760/8817>.

（28）田原、「虚構としての母の肖像」、四三頁参照。

（29）Nagamatsu 229.

（30）Cf. "Peppered Moth: Insect," *Encyclopedia Britannica*, 15 April 2018 <https:www.britannica.com/animal/peppered-moth>.

第七章　『七人姉妹』（*The Seven Sisters*, 2002）に見る創作上の技法

――語りと作品展開――

はじめに

ドラブルは、自らの母親をモデルとした『ペッパード・モス』刊行後、次作として『七人姉妹』を二〇〇二年に上梓している。

処女作『夏の鳥かご』からおよそ四〇年の時を経て刊行された『七人姉妹』は、『夏の鳥かご』同様、女性を主人公にしてその生き様を描いた「女性の小説[1]」ではあるが、多くの点で『夏の鳥かご』とは趣を異にしている。先ず、第一に目に付くことは、主人公達の年齢の相違とそこから生じる彼女達の人生に対するスタンスの違いである。ドラブルは、執筆時の自分とほぼ同年代の女性を小説の主人公に設定する傾向があるが、『七人姉妹』でもその姿勢は同じである。

本作品の主人公キャンディダ・ウィルトン（Candida Wilton）は学業生活を終えてすぐに結婚をし、長年家庭に留まるという、家父長制を支える性別役割分業的な生き方をしてきた五十代後半の中年女性である。そうした

彼女が、理想の夫の典型例のようなアンドリュー・ウィルトン（Andrew Wilton）の裏切りに直面して、人生の後半で、自らの人生の再出発を余儀なくされるのである。一九六〇年代の処女作『夏の鳥かご』も、大学卒業後、主人公セアラ・ベネットが人生をどのように切り開いていくかというテーマの小説である。主人公達の年齢の相違から、社会人としての人生を歩み始めようとしているセアラとこれまでの生活をリセットして新たな人生を模索しなければならないキャンディダは置かれている状況が大いに異なるのは確かだが、処女作と『七人姉妹』には、主人公達が如何に人生を構築していくかという点でテーマの類似性を感受できる。[2]とはいえ、セアラは実社会へのスタート地点で自らの人生を築いていくことに対して真摯さに欠けた点があるが、人生の三分の二ほどを歩いてきたキャンディダとは異なって、若さゆえに、セアラには将来への希望と可能性があると見なされるのが通常である。人々の年齢に対するこうした半ば固定的考えの中で、キャンディダは中年になってから、人生の新たなスタート地点に立つわけだが、夫の庇護のもとで長年生活をし、将来への見通しや経済力があるわけでもないのに、彼女は何故か希望に胸を膨らませている。キャンディダは人生最大の試練に遭遇して、どのように新たな人生を切り開いていくつもりなのだろうか。

小説の筋は、長年専業主婦として生きてきた女性が六十代を目前にして新たな人生をスタートさせるというものであり、その点からすると『七人姉妹』には、プロットそのものに取り立てて目を引くものがあるようには思えない。しかしながら、小説のプロットを越えて、『七人姉妹』はその語りと作品展開に大きな特徴があり、そうした特徴ゆえに一読しただけでは作品を上手く理解できない読者も存在するはずである。前述したが、ドラブルは創作活動の初期に次のように語っている。

私は、五〇年後に人々に読まれるような実験小説は書きたくありません、（中略）私が嘆き悲しむ伝統の初めにいる

よりも、私はむしろ私が賞賛する滅びゆく伝統の終わりにいたいのです。(3)

ケンブリッジ大学でリーヴィスの指導を受け、小説に描かれる倫理意識を重視したイギリス伝統小説の作風を継承していることを自認していたドラブルがここで批判的に述べているのは、一九二〇年代に流行ったジョイスらの実験小説のことである。ジョイスやウルフらの小説が難解で一部のインテリ層にしか理解されず大衆受けしなかったことを認識していたドラブルは、恩師リーヴィスの教えもあって、作品における単純さ、「明快(4)」さというものを求め、難解な作品に抵抗感を表す考えを述べている。先のドラブルの言葉は、一九六七年のBBCでのインタビューに応えてのものである。しかしながら、創作に対するこうした考えを表明して間もない一九六九年に刊行された『滝』では、本書の第四章で既述したように、ドラブルは初めて創作上の技法を用いている。『七人姉妹』は、それから三〇年ほどの歳月を経て刊行されている。およそ三〇年の歳月が経過することで、作家自身も創作経験と社会的経験を重ねており、彼女が『七人姉妹』で創作技法を用いるのなら、『滝』で用いた技法よりもずっと複雑なものになるのは当然であろう。

ドラブルは、『七人姉妹』で初めてコンピュータ上での日記形式の語りというものを採用している。コンピュータを用いての語りということ自体に、現代性を看取できる。作品は四部に分かれているが、ドラブルは四部に分かれているそれぞれの部の語りを全て変えるという技巧を施している。三〇〇ページに及ぶ作品の約六分の五を第一部と第二部が占め、そこでは、キャンディダとアンドリューとの結婚生活の様子と彼らが離婚に至る経緯、そして、離婚後キャンディダが友人達と行くイタリア旅行を含めて現在のキャンディダの生活が語られる。作品では紙面の大部分でキャンディダに関することが語られ、イタリア旅行が遂行される第二部で作品は物語展開上、頂点に達している。だが、作品はそこでは終わらずに、全体の僅か約六分の一を占める第三部と第四部がそれに続いている。ドラブルが僅かな紙面しか与えていない第三部と第四部において、この作品創作上の技法が主に展開され、全体を通して作品を眺めてみると、読者に意外性を抱かせるそれぞれの部のプロットの展開が上手く次部に繋がるように工夫されている。[5] しかしながら、こうした技法は読み耽っている時には気づきにくく、読者は作品の重層性からある種の消化不良を起こすかもしれない。

一九六〇年代に難解な技巧的作品に抵抗感を表明したドラブルは、『夏の鳥かご』以来、特に、一九六〇年代においてイギリス風俗小説の伝統を意識した作品を多く執筆している。そうした彼女が、作家として賞賛し交流を持っていたレッシングが女性をテーマとした作品や社会問題、SFへとその創作テーマを多様化していくことも含めて、現代作家達を取り巻く社会的環境の変化を身近に感じ取り、様々な技巧を凝らして『七人姉妹』を執筆している。本章では、離婚前後のキャンディダの人生を考察し、ドラブルが用いた創作技法が作品展開とどのように関わっているのかを検証していく。

七・一　離婚前後のキャンディダの家族関係と生活

七・一・一　離婚以前のキャンディダの家族関係

人生の後半でアンドリューの心がキャンディダから離れ、キャンディダとアンドリューは離婚に至るが、二人の関係を理解するために、先ず、二人の出会いと、娘達との関係も含めた彼女の家族関係を離婚以前に焦点を置いて考察してみる。

キャンディダと彼女より一歳年上のアンドリューは、それぞれイースト・ミッドランズ（East Midlands)、ノース・ヨークシャー（North Yorkshire）と異なった土地の出身であるが、[6] 聖アン（St Anne）と聖バーナビイ（St Barnaby）という系列校に進学していたため、学校行事や教会を通して互いを知ることになる。当時、アンドリューは級長で女子生徒の憧れの的であったが、二人は恋に落ち、結婚に至るのである。キャンディダの母親は、時代も関係して女性の就業に肯定的な考えを持つ人物ではなく、母親の価値観に従順であったキャンディダは、専業主婦という形での結婚を選択する。

キャンディダは、アンドリューとの結婚に至るまでの詳細や結婚生活の初めの頃に関しては殆ど語っておらず、最初の一〇年をマンチェスター（Manchester）で過ごした後、二人がサフォーク（Suffolk）に移り住む頃からを語っている。それゆえ、若い頃の二人の関係に関しては、作品展開から想像するしかない。

アンドリューがサフォークにある視力障害がある生徒を多く受け入れているホリング・ハウス・スクール（Holling House School）の校長に任命されると共に、その経営母体である協会の理事に昇進したことで、キャンディダ一家はサフォークに移り住むことになる。多忙で疲労感も覚えていたマンチェスター時代とは異なって、サフォークではこぎれいなジョージ王朝時代の家と、家事、雑事に至る種々様々な事柄を賄ってくれる人達を学校が提供してくれて、キャンディダには犬の散歩など自由な時間が与えられ、彼女は家事からも解放されることになる。キャンディダは、時折、アンドリューの学校で無報酬の代替教員を務めることで、彼を手助けすることはあっても、それ以上に彼の仕事に深く関わろうとはせず、彼の社会的成功とは対照的に、彼女は夫の庇護のもとで生計を立てるという生活に変わりはない。それでも、キャンディダにとっては、イソベル（Isobel）、エレン（Ellen）、マーサ（Martha）という三人の娘に恵まれ、学友達の憧れの的であった、社会的成功も収めた夫アンドリューとの結婚生活は、これ以上望むことができない至福な日々であったはずである。しかしながら、キャンディダは夫の社会的成功は自分をあまりに「つまらない」（p.205）[7] 者と感じさせてきたと吐露して、彼の成功が、一方では、社会的活動に参加していない専業主婦の自分に劣等意識を植え付けたとして彼に不満を抱いている。自らの社会的役割をめぐって、キャンディダはアンドリューに対してこうした不満は持ってはいるものの、この思いが彼との離婚に至る決定的な理由ではない。それでは、二人の関係に皹が入る原因が何なのかを考えてみる。

ドラブルが描くヒロイン達の多くは、『碾臼』のロザムンドに象徴的に見られるように、男女間の愛情交換が不得手である。特に、異性との性交渉に関して淡白な一面があり、それがきっかけとなり相手との間に壁を作る傾向がある。キャンディダもアンドリューに対して次のような対応をしている。

私は、夫の床を抜け出し、一人で寝るのが好きだと言った。熟睡ができないからだと私はいい訳をした。(p.74)

最初、結婚をした頃、私達は全く規則正しく愛の行為を営んだ。だが、私はあまり行為を楽しめなかった。決して、オーガズムを得ることがなかったのである。私は期待をし、失敗や物足りなさを恐れ始めた。私の肉体は孤独だった、そして、決して仲間を見出さなかった。(中略)私は良き妻だったので、拒絶はしなかったが、営みを避けた。(中略)アンドリューは私に退屈し、彼の関心はとても稀になった。これは、勿論、私には安堵だったのである。(pp.278-279)

高校時代にアンドリューに出会い学業生活後すぐに彼と結婚をしたキャンディダにとって、アンドリューは最初の男性だったと思われる。しかしながら、彼との夫婦生活に満たされない思いを抱いて彼を避けようとするキャンディダの姿勢は、アンドリューの心が彼女から離れる原因を作っているのである。次女エレンはこうしたキャンディダを次のように捉えている。

明らかに男性器は、私の母親の興味を引かなかった。彼女は男性を去勢する女性だった。[8]（p.266）

キャンディダは性的に冷淡で、男性を性的不能者にする女性だとエレンに見なされているのである。エレンは、このような思いだけではなく、母キャンディダが自分の性生活を凍てつかしたり、姉イソベルも性生活を楽しめていないと考えて、母の性的不能が自分達姉妹の異性関係にも悪影響を与えていると感じている。

キャンディダ自身が自らの性的不感症を認識し、エレンはキャンディダが自分達にもたらす性に関する悪影響に気づいている一方で、キャンディダの長女イソベルは両親の離婚原因を次のように見ている。

イソベルは私［キャンディダ］が当然の報いを受けたとほのめかした、（中略）彼女は、私が行き届かない妻だったと暗に意味した。（中略）私の傲慢な長女イソベルは、私がアンドリューを不貞に追いやり、傷ついたアンシアの腕へ追いやったと思っている。彼女の目には、父親はいかなる悪もできず、私はいかなる善もできないのである。（pp.47-48）

イソベルは、母親の父親への愛情不足が二人の関係破綻の原因だと捉えている。そして、自分達の性生活へ母親がもたらす悪影響を感じているエレンも、「別の女性達の腕に父を追いやったのは、母の性的不感症だった。マーサを宿した後、母は父と寝ていないと思う」（pp.257-258）と両親の夫婦関係破綻の原因が母親の性的冷淡さにあると分析している。[9] イソベルやエレンだけではない。末娘マーサも母親に両親の関係破綻の非があると信じているので、両親の離婚後、父親と新しい母親と共に生活をする選択をしている。更には、こうした娘三人の考えの妥当性を示唆するかのように、キャンディダ自身が次のように述べている。

アンドリューと私は、お互い、決して感情を露わにしなかった。私達は愛情を表すことに恥らなかった。私は、そうしたやり方は誤りだと見ている。（中略）しかしながら、恐らく、これがアンドリューが常に欲していたことだったのだろう。恐らく、彼は私が決して与えなかったもの、決して与えることができなかったものをいつも欲していたのだろう。恐らく、これらの雑草がはびこったのは、私の欠点からであろう。(p.49)

キャンディダは愛を表すことが不得手である。イングランド中産階級の人々は個人主義をその生活信条とし、他者との間に壁を作って生き、唯一その壁を超えられる関係が夫婦関係だと言われている。[10] しかしながら、キャンディダは夫婦間であっても愛を表すことを躊躇い、アンドリューとの間に壁を作って生きてきたのである。人は孤独であり、社会的成功を収めたアンドリューも孤独であり、キャンディダの愛を、妻の愛を求めていたのだと推察できる。そして、その愛を拒絶された時に、アンドリューは他者に愛を求めるしか生きる術がなかったのであろう。

離婚に至るウィルトン夫妻の関係を分析してみると、以上のようにキャンディダの愛の不毛がその根底に存在していたことが窺える。次に、夫との関係では愛を表そうとはしなかったキャンディダが、母としては娘達とどのような関係を築いていたのかを考察してみる。

「子供達が小さかった頃、プログラム化された生物学的母性のあり方で、私は子供達を愛した」(p.35) とキャンディダは述べているが、種の原理として幼い子供達に母親が必要だった時期を除いて、彼女の愛が娘達に注がれてきたようには思えない。キャンディダが娘達に愛を注いできたことを表現しているのはこの部分だけで、一方で、キャンディダは「私は、母親らしくあることがあまり得意ではなかった」(p.9)、私は「娘達全てと遠ざかっているので、母性の美徳について尋ねるのに適した者ではない」(p.220) と自らの母性の欠如を認めている。ここが、キャンディダがドラブルが描く多くのヒロイン達と異なる点で、通常、異性愛に淡白なドラブルのヒロイン達には、子供への深い愛を垣間見ることができる。しかしながら、本作品の場合、両親の離婚に際して、三人の娘達全てがその原因が母親の冷たさにあるとして不貞を行った父親の側についたという事実は、少なくとも母親と娘達がそれまでに良好な関係を築けていなかったことを示唆している。更に、当時のキャンディダと娘達との関係を表すものに、離婚後間もなく、馴染みのないロンドン（London）への転居を選択したキャンディダに対して、キャンディダの友人達は引越しの手伝いを申し出るが、娘達は一言もそれには触れないということがある。その上、イソベルは離婚に際しての母親の心情に思い致すこともなく、離婚後に出費のかさむ大都会ロンドンへの転居を選択したという事実だけで母親の経済観念の乏しさを批判的に見ている。[11] これら全ては、彼女達母娘の難しい関係を象徴するものである。しかしながら、キャンディダが望ましい家族関係を築けていないのは、夫と娘達との間でばかりではなく、母親プラット（Pratt）との間でも同じである。それゆえに、離婚という難局に直面して、故郷ミッドランズに戻るという選択が一時的に頭をよぎるものの、キャンディダは自分を飲み込んでしまいそうな母親からも遠く離れた土地であり、憧憬を抱くロンドンでの独り暮らししか他に選択の道がないのである。

以上のように、キャンディダと家族との関係は、アンドリューとの関係を除いても距離感のあるものである。両親不仲の原因が母親の愛の不毛にあると見なしていた娘達は、恐らく、母親の自分達に対する愛情不足も感じていただろう。親子の確執はドラブルが得意とするテーマであり、こうした母娘関係を目の当たりにすると、『七人姉妹』もそのお決まりのテーマを継承していると思われる。

七・一・二　離婚後のキャンディダの家族関係と生活

この項では、家族との望ましい関係を構築することができず、アンドリューにも裏切られたキャンディダが、離婚後、どのように人生を展開し、どのような関係を娘達と保っていくのかを考察してみる。

学校卒業後、すぐに結婚をしたキャンディダは、職業経験が殆どなく、経済的自立を可能とする特殊な技能を保持しているわけでもない。離婚に際して、娘達全てが父親の側についたことで家族を全員失ったような状態で、職業も財産もなく、独り、見知らぬ大都会に転居するキャンディダは、『夏の鳥かご』のセアラとは異なって、年齢的にも将来に希望が抱ける状況にはない。白人ばかりが居住するサフォークの、使用人付きのこぎれいなジョージ王朝時代の家から、様々な人種が混在し周囲の環境にも恵まれない、僅か二部屋からなるロンドンのエレベーターもないフラットの四階にキャンディダは移り住む。恵まれた中産階級の余裕ある生活から、生きていくことが精一杯の生活環境への変化だけでも、今後のキャンディダの人生の厳しさを予測させるものがある。経済的理由から、キャンディダ自身が貧しい地区を選択しているが、同時に、彼女は自らが属する中産階級から逸脱しない努力も惜しんではいない。低所得層が居住する自らの地区を外れたところにある高級肉店で、周囲の客層に刺激を受けて、パーティを装って多量のラム肉を購入するキャンディダの姿にもその一例を見ることができる[12]。

概して、人は未知のものに対して恐怖感を抱くものだが、大都会に転居をしたキャンディダも、自分が行った選択――知人もいない大都会の、危険と隣り合わせの地区での独り暮らしの生活――に「恐怖」(p.54)を覚えている。しかしながら、キャンディダには、アンドリューと新しい妻に偶然出会う可能性があったり、出会わないとしても彼らの噂が耳に入ってくるだろう町には留まれないという自尊心があり、この転居は必然的なものでもある。一方、キャンディダが転居で経験するのは、「恐怖」だけではなく、「希望」もである。キャンディダは、ロンドンでの最初の夜の心情を次のように記している。

私は、強い期待と呼べる感覚で一杯だった。何に対してなのか分からないが、私は激しい期待を感じた。（中略）私の運命は、見知らぬ風景に突然現れる夜明けという拡散した輝きのように私の前で輝いた。（p.60）

離婚後のキャンディダの状況を客観的に捉えるならば、彼女の年齢もさることながら、アンドリューからの若干の経済的援助で生計を立てているキャンディダの将来は決して明るいものではない。しかしながら、キャンディダは将来に対して先のような期待感を抱いており、逆に言えば、このことはアンドリューとの結婚生活が如何に彼女には虚しいものであったかを示唆している。実際、高校時代からのキャンディダの友人であるジュリア・ジョーダン（Julia Jordan）は、アンドリューを「独りよがりのうすのろ」（p.88）と言い、キャンディダの離婚を祝福するほどに、彼を良きパートナーと見なしていないのである。

ロンドン転居後、キャンディダが独り暮らしの恐怖を実感するのは最初の頃だけである。「ロンドンで、四人ぐらいは知り合いになれるかしら」（p.52）と新生活へ悲観的な見解を抱いていた彼女が、積極的に生きている。その例として、独り暮らしの自由さの中で、キャンディダはコンピュータに日記を記し、ロンドン転出の経緯、かつての家族のこと、現在の生活のことなどについて書き綴ることに喜びを見出している。キャンディダがかつての家族について綴る内容は、如何に良好な関係を彼らと維持することが困難であったかということが主であり、特に、アンドリューに対しては批判と共に、彼との別離を喜ぶ彼女の言葉が並んでいる。[13] そして、ロンドン転居当時のキャンディダに目を向けると、キャンディダは転居をした夜にフラット周辺の七階建て赤レンガの建物で、「成人向け夜間講座」（p.56）が開講されているのを知り、一、二週間後には「友人」（p.10）を求めて「夜間講座」に参加をしている。キャンディダは、こうした講座に参加して知人を作ることが知人のいないロンドンで生きていく良策だと判断し、迅速に行動を起こしているのである。ロンドン転居の最初の夜に、キャンディダは今後の人生へ期待感を抱いていたが、その期待感を現実のものにしようとする積極的姿勢が垣間見れる。そこには、「ここで、私の肉体と魂を作り直すつもりだ」(p.19)というキャンディダの強い意志と、更にその背後には、アンドリューと別れた安堵感が存在している。キャンディダは、次のようにその安堵感を表現している。

残りの人生をアンドリューと暮らす必要がないと悟った時に感じたうきうきした私の気分を誰も知らなかった。広く知れ亘った彼の罪に私が抱いている密かな喜びを誰も知らなかった。(p.19)

長年寄り添ってきた相手との別離を、安堵と喜びで捉えなければならないキャンディダには確かに哀しさがある。だが、そうした局面でも、キャンディダは積極的に人生を立て直そうとしている。彼女は「友人」を求めて参加をした講座で、実際に新しい友を得るのである。「夜間講座」は、ヴァージル(ウェルギリウス、Virgil, 70B.C.-19B.C.)の『アエネーイス』(*The Aeneid*)を輪読する教養講座で、キャンディダはここで今までの友人関係の輪には属さない人々と出会う。この教養講座は建物がヘルス・クラブに変更されることによって打ち切りとなるが、教養講座の終了に一抹の寂しさを覚えるキャンディダは、講座で出会った人々を中心とする総勢七人でアイネイアス(Aeneas)の足跡を辿るイタリア教養旅行を計画するほどに活き活きとした生活を営んでいる。本来なら、離婚をして、アンドリューからの経済的援助で細々と生きているキャンディダには、イタリア旅行は夢物語のはずである。だが、キャンディダの上向く運気に合わせて、ドラブルはキャンディダが何年も前に投資していたファンドの公開買付で利益を得ると共に、年金の助けもあって、一二万ポンドもの大金が彼女のもとに舞い込んでくるという現実感の薄い話をイタリア旅行を可能とするべく作り出している。イタリア旅行を実現に至らせる状況はフィクション的であるが、ドラブルはキャンディダの積極的な人生修正に焦点を置くために、こうした幸運を作りあげていると思われる。次に、ロンドン転居後、困難な関係にあった娘達とキャンディダとの関係はどのように展開するかを検証してみる。

アンドリューとの離婚で、娘達からも見放されることになったキャンディダは、そのことで、難しかった親子関係を更に悪化させている。キャンディダはアンドリューが娘達の自分に対する心を奪ったのだと理解しながらも、「娘達が父親を選んで私を拒絶したので、私は傷ついている。（中略）娘達は、母親に対してもっと忠実であるべきだった」（p.35）という思いを持ち、娘達が母親よりも父親を選んだことへの精神的ショックから回復できずにいる。そうしたキャンディダは、娘達とは「私は、今、別世界に生きている」（p.104）という意識を抱いており、娘達に会いたいという思いもない。こうして両者は、互いに無関心の状態にある。娘達が母親と離れて生きる選択をしたのだから、キャンディダは自分は別世界に生きており、娘達とは関わらずに生きていくという考えである。このようなキャンディダの娘達への思いは、親子といえども距離を置くイングランド中産階級の姿勢をやはり引き継ぐものである。娘達にこうした思いを抱いているキャンディダにとって、イタリア旅行中に知った、異国で入院しているというエレンの病状を尋ねる電話を彼女に掛けることも、父親と新しい母親のもとで生活を共にしている、キャンディダには裏切り者である三女マーサとのエレンの結婚式での再会も「恐怖」（p.240）でしかない。対峙することによって、再度、娘達から「拒否」（p.245）されるかもしれないという「恐怖」が、キャンディダの心を捉えて離さないのである。

娘達との前述した困難な関係は、教養講座で出会った新たな友人達に支えられ、キャンディダがエレンの病状を尋ねるために国際電話を掛けたことから、ゆっくりと変化していく。家族と距離を保つ生き方を選んでフィンランド（Finland）に在住していたエレンが、今までフィンランドへ招いたこともないキャンディダをその地での結婚式に招待する。エレンは家族の中ではキャンディダとマーサだけを結婚式に招待し、キャンディダは「恐怖」であったマーサとの再会を果たすことになる。式の翌日、距離感があった彼女達はまるで「家族」（p.291）であるかのように食卓を囲み、キャンディダとマーサとの関係も、帰国後、マーサの男友達を交えて昼食を取るほどに回復する。

また、離婚後のキャンディダの異性関係について言えば、女性性の欠如を理由にアンドリューには裏切られたキャンディダが、フィンランド滞在中に、二人の独身男性から好意を寄せられる。そのうちの一人はイングランド人実業家で、帰国後、キャンディダは彼と再会し、彼からのプロポーズの予感を抱くが、結婚の持つ性的意味合いと制約ゆえに、彼女は結婚に対しては消極的であり、それ以上の関係の発展には躊躇っている。それでも、久しぶりに異性を身近に感じる喜びをキャンディダは実感しているのである。ドラブルの作品において特徴的である、異性と距離を保とうとするヒロイン達の姿勢を、世代を超えてキャンディダも継承している一例である。

友人達とのイタリア旅行の楽しさを経験したキャンディダは、再度、外国旅行を計画したり、エレン一家には子供の誕生の予定があるなど、彼女の周辺は明るさを取り戻している。このような生活展開は、「なんとキャンディダ・ウィルトンは素敵に見えることか」(p.300) とキャンディダ自身が記すほどに、キャンディダの精神を穏やかに保ち、その表情を余裕あるものとしている。キャンディダは、人生の後半で、困難を予測させる新たな人生に踏み出したが、ロンドン転居の夜に、前述したように、今後の人生への漠然とした「期待」(p.60) 感を抱いていた。そして、その「期待」感を現実化させるかのように、キャンディダは新たな人生で様々な新しい出会いを求めたり、娘達との関係改善にもゆっくりと着手した。そうした積極的生き方の結果として、キャンディダはアンドリューとの虚しかった人生を取り戻すかのように上向く運勢に幸福感を覚え、精力的に生きている。「私は、もはや私の運命 (fate) の無抵抗な犠牲者ではなかった」(p.149) という自身の言葉を実践して、『黄金のイェルサレム』のクララ同様、自らの運命に積極的な挑戦をしているのである。

七・二 『七人姉妹』における創作技法

七・一・二で検証してきたように、『七人姉妹』は離婚経験を持つ一人の中年女性の自己回復の物語だと捉えることができる。また、フェミニズムの観点からは、『七人姉妹』は女性は男性に精神的に依存することなく、十分に幸福を追求して生きることができることを描いている作品だと解することができる。プロットは語りの複雑さと主人公達の年齢的相違を除けば、処女作の『夏の鳥かご』同様、女性主人公が自らの幸福を模索するという凡庸なものである。しかしながら、処女作からおよそ四〇年の歳月を経て『七人姉妹』を刊行したドラブルは、作品の背景にヴァージルの『アエネーイス』を置いたり、『七人姉妹』というタイトルにも複合的な意味を絡ませることで作品に重層性を付与し[14]、初期の作品の平易さとは明らかに異なるものを創り出している。そして、本作品で最も難解な点は、語りだと思われるので、語りに焦点をおいて『七人姉妹』の創作技法を考えてみる。

『七人姉妹』は四部に分かれており、第一部と第二部が作品のおよそ六分の五を占めている。そして、それぞれのパートの語りに特徴があり、ドラブルの作品では初めての日記形式による語りが採用されている。M・ノックス（Marisa Knox）は、「日記という語りの工夫は、あまりにまとまりのない書き物と退屈な文体を計算に入れている[15]」と述べている。キャンディダの日記は彼女のロンドン逗留三年目から始まっているが、ノックスが指摘するように、日記ではアンドリューとの離婚以前のキャンディダに纏わる出来事、キャンディダがロンドンに転居した頃の出来事、そして、現在の出来事が時系列を無視してキャンディダの思いのままに語られているので、時空間に注意を払わないと読者は誤読をする恐れがある。更に、小説の多くの部分がキャンディダに纏わる時空間の異なった出来事に関する語りであり、小説展開上殆ど意味がない人物や事柄への言及もあり、ある意味で、作品が散漫だという感も否めず、そうしたことを補う工夫が日記形式による語りだとノックスは指摘しているのである。

作品の導入部である第一部では、語り手キャンディダによる一人称の語りが採用され、そこではキャンディダの過去と現在に関することやアンドリューのことも含めてキャンディダの家族への思いが語られている。一人称の語りは語り手の個人的経験や私見に基づいたものであるので、概して、その視点は狭いものである。しかしながら、キャンディダはそこで自らの離婚に至る経緯やアンドリューへの思いを語っており、自らの人生への率直な思いを語るには距離感を感じさせず、語り手の真なる思いを伝え易い一人称の語りは適した選択だと思える。第二部は語り手キャンディダによる三人称の語りで、アイネイアスの足跡を辿るキャンディダと友人達とのイタリア旅行の場面であり、第二部でプロットはクライマックスに達している。第一部と第二部では、同じ語り手による人称を変えた語りの技巧が見受けられるが、ドラブルは第五作の『滝』において、初めてこうした語りの人称変化を用いている。ドラブルは、『滝』では主人公ジェイン・グレイの深層心理や分裂した意識などを描くのに、語りの人称変化を用いている。『七人姉妹』では、ドラブルはもっと複雑な意図を持って語りの人称変化を行っているはずである。

一般に、自己の経験範囲内の視点に限定される一人称の語りに比べて、三人称の語りでは視点の広がりが期待でき、イメジャリー、暗喩などの文学的技法を用いることが容易になると言われている。[16] 三人称の語りを採用することで、こうした文学的技法を用いて作品を重厚にできるという作者側の利点に加えて、『七人姉妹』では第二部の「イタリア旅行（Italian Journey）」の部をキャンディダが日記に記そうとした時、「彼女は自身の声という牢獄から抜けようとしていた」（p.264）という説明も為されている。この点を考慮すると、ドラブルは作品に奥行きを与えるためとキャンディダ自身に自分から距離感を保たせるために、一人称から三人称へと語りの人称変化を行っているのである。

次に、第三部の語りについて考えてみる。第三部は「エレンの見解（Ellen's Version）」という題が与えられ、表面上はコンピュータを用いたキャンディダの日記形式の語りをエレンが引き継いだものであり、エレンはキャンディダのコンピュータを用いて語りを繋いでいく。ここでは、イタリア旅行の直後にキャンディダが運河に身投げをして急逝したことになっているので、エレンが語りを繋ぐのである。エレンはキャンディダの死の状況を説明したり、キャンディダの日記の内容に異議を唱えたりして語りを引き継いでいる。第三部がエレンの語りであると装うために、第一、二部での日記形式による語りが第三部では上手く継承されていないように見せかけるキャンディダによる偽装をドラブルは巧みに編み出している。何故ドラブルが第三部が娘エレンの語りであるかのように装ったのかは、後に考察することとする。

最終章の第四部の語りは、一人称と三人称を併用した再度キャンディダによる語りで、離婚後のキャンディダの人生が好転していく様子が語られる。また、第三部の終わり付近で、「キャンディダが三人称になる時は、不快なのである」（p.267）と説明されている。それゆえ、第四部での語りの人称変化は、一人称の語りと三人称の語りにはそれぞれ利点と欠点があるので、作者側と語り手側のそれぞれの目的と状況に応じて語りの人称を使い分けた結果だと思われる。こうして、ドラブルは『七人姉妹』を構成する四部全ての語りを変化させているが、二十世紀後半頃からの作家達を取り巻く社会情勢を鋭く意識している彼女は、故意に語りの変化という技法を用いて、作品を重厚、且つ、技巧的にすることを意図したものと思われる。

『七人姉妹』における最大の語りの特徴は、『滝』に見られる穏やかな語りの人称変化が、前述したように、作品を構成する四部全ての語りが変化するという大規模な創作技法へと成長するに至ったというよりも、むしろ僅かな紙面しか与えられていない第三部が、表面上はエレンの語りであるが実際はエレンを装ったキャンディダの語りであるという点にある。しかも、読者は第三部を読んでいる時には語り手がキャンディダとは気づかずに、エレンが語り手だと信じて読み続けるしかないのである。では、何故、作者ドラブルは第三部がエレンによる語りであるかのように装う必要性があったのか、ここで考えてみる。

ロンドン転居後、『アエネーイス』を読む夜間講座に参加をしていたキャンディダは、その時の友人達を中心とするメンバーでアイネイアスの足跡を辿るイタリア教養旅行に出掛ける。その旅行のことは第二部で語られている。その第二部の終わりで、『アエネーイス』第六巻のごとく、キャンディダは仲間から一人離れてクーマエ(Cumae)を訪問し、アイネイアスが行ったように巫女を呼び起こし、そのお告げを待ったと日記に記している。『アエネーイス』第六巻は、アイネイアスがクーマエでアポロの巫女シビュラを訪ね、巫女の案内で冥界に降り、父親の霊に会い、人間の死後の運命とローマの未来についての話を聞く冥界降りの場面である。[17]『七人姉妹』の背景には、キャンディダが関心を持って参加をしていた夜間講座のテーマであるヴァージルの『アエネーイス』があり、キャンディダがクーマエに行き周囲に耳を澄ませている時に、彼女は次のような感覚を覚える。

キャンディダは、自分自身が太陽の乾きや火の浄化に一層近づいているのを感じている。水分が彼女の皮膚や手足や内臓から蒸発していっている。彼女は乾いた外皮、重さのないうつわに変わっていっているのである。(p.246)

前記引用は、キャンディダ自身の乾き、即ち、死をほのめかしている。このように、キャンディダの死が第二部の終わりで暗示され、第三部に入ると、キャンディダの死が言及される。ここに、第三部でキャンディダに変わってエレンが語りを引き継ぐ理由が存在するのである。我々読者はキャンディダの死と第三部の語り手がエレンであることを信じて読み続けるわけだが、第三部の終わり近くで、次のようなエレンの言葉がある。

彼女［キャンディダ］は、このコンピュータの中で、まだ生きているように思える。機械は私達の違いが分かるのかしら。それとも、機械はここで打っているのは、まだ彼女だと思っているのだろうか。(p.268)

意味ありげなエレンの言葉ではあるが、この後は、エレンがキャンディダの最期の足跡を辿る場面に移行しており、これは核心的な言葉にはなっていない。だが、第三部の終わりで、キャンディダの自殺現場を訪ねたエレンは運河に身投げをしたキャンディダの自殺の目撃情報が何もないことが奇妙だと主張すると共に、イタリア旅行の同行者の一人であるジェロルド夫人（Mrs Jerrold）も、キャンディダはクーマエに行っていないと言う。前者は、人が少なくない場所でのキャンディダの自殺という行為に目撃者がいないことに疑問を呈するものであり、そこから更に踏み込んで、後者はキャンディダのクーマエ行きを否定することで、先のクーマエでのキャンディダの乾きの感覚、即ち、死を打ち消している。こうして、第三部の終わりでのエレンの語りがキャンディダの生存をほのめかす布石となり、第四部の冒頭に至ると読者は次のような言葉に出会う。

私は自分の娘を装ったり、自分自身の死を本当らしく見せかけることをあまり上手にやってのけてないと思う。（中略）ここに私は、まだ生きて、存在している。同じ肉体、同じ言葉、同じ構文、同じ習慣、同じマナー、同じ年齢を重ねた自身に閉じ込められて、ここ四階に戻ってきちんと座って、ここに私はまだいる。（中略）私は出て行くことができない。試みるけど、私は抜け出すことができない。死も検死も聖堂もなかった。私は同じ元の物語に戻っている。(p.275)

ここに至って、読者はキャンディダが死んでいないこと、第三部の語り手はエレンを装ったキャンディダだったことを知る。同時に、ここで問題になるのは、ドラブルが何故第三部でキャンディダの死と語り手を偽装する必要があったのかということである。その点とこうした創作技法を考えてみる。

前述したように、『七人姉妹』の背景には、ヴァージルの『アエネーイス』の存在がある。キャンディダが訪問したことになっているクーマエは、『アエネーイス』の第六巻の舞台である。第六巻は冥界降りの場面で、『アエネーイス』とのパラレルな関係を維持するために、ドラブルはキャンディダの死を作り出す必要があったのである。第四部では、娘達との関係も含めて、主にキャンディダの好転する人生の様子が語られるが、これも『アエネーイス』からの流れだと思われる。

『七人姉妹』の創作技法に関して言えば、作中、ドラブルは自らの目的に応じて幾つかの技法を試みている。それらの技法は作品展開に上手く沿うものになっているが、そうした技法を理解できるのは、小説の終わりで全ての展開が繋がってからのみだと言える。J・クリスティ（Janet Christie）は、『七人姉妹』の創作技法に関して、筆者のものと類似した見解と更に緻密に考察した見解を表している。

［『七人姉妹』は］小説の中に小説があり、我々は自ら「真実」と作り事を見抜くように委ねられている。ドラブルは巧妙に語りの変化を扱い、それぞれのパートが容易に別のパートに繋がるようにしている。また、語りの変化が中心人物キャンディダに生をもたらし、彼女をなごませ、優しい気持ちにしている。（中略）この工夫［語りの変化］がまたプロットを解明し、真実をほのめかしているのである。(18)

クリスティが指摘するように、第三部のキャンディダの死は第二部の終わりでのキャンディダの死の暗示を受けての展開である。また、第三部の終わりで、第二部の終わりでのキャンディダのクーマエ行きは虚偽だとすることで、キャンディダの死自体を否定して、作品展開が第四部でのキャンディダの生存に上手く繋がるようにドラブルは試みている。だが一方で、緻密に作品を読んでいないと、一読しただけでは一般読者はこうした関連性を見逃しかねない。また、第一、二部でのキャンディダの人生に焦点を置いたプロットから判断すると、第三部の語りの技巧は唐突なものと読者の一部には映るであろう。そして、ギリシア神話に馴染みが薄い読者にとっては、第二部から第三部に至る展開や第四部での様々な面で好転するキャンディダの人生を理解するのに困難が伴うであろう。

とはいえ、もし『七人姉妹』がプロットが頂点に達し、創作技法に関しては語りの人称変化という技法のみが存在する第二部までで終わるならば、『七人姉妹』は取り立てて目を引く作品とはならないであろう。僅かな紙面を占める第三部の「小説の中に小説」があるようなメタフィクションの構成と第四部の冒頭での展開を通して、我々読者はその意外性ゆえに語りの信憑性を疑い、語りの「真実」なる部分を見抜くよう促されている。読者には、想像力を駆使して、この作品を自ら解読することが求められているのである。

このような視点に立つと、第三部の語りの意外性は作品に刺激を与えていると捉えることができる。また、表面上、第三部の語りをキャンディダからエレンという別の視点の者に変えることによって、キャンディダ自身が明らかにしたとすれば邪推と受け止められかねない事柄——例えば、アンドリューと義理の娘ジェイン・リチャーズ（Jane Richards）との関係の疑惑——に一定の信憑性を持たせることや、[19] 娘の目を通して客観的にキャンディダの希薄な夫婦関係や家族関係を語ることが可能になった。これは、クリスティも指摘している語りの変化の利点である。

以上考察してきたように、ドラブルが『七人姉妹』で用いている創作技法は、語りの複合的交錯である。こうした創作技法を用いることで、読者には作品が難解だと映るだろうが、作品全体を通してみると、一人の中年女性の離婚前後の人生を描くという一見凡庸に思える作品に刺激を与え、重厚さと深みを加えることになっているのは確かである。

終わりに

本章では、離婚に至る以前のキャンディダの家族関係と離婚後の家族との関係を含めて、その生活を考察することによって、彼女の人生を検証してみた。

キャンディダの日記は離婚から数年の歳月が流れた後に始まっていることと、アンドリューとの結婚生活にキャンディダ自身が半ば疲れていたこともあり、そこではキャンディダが離婚による傷から随分と立ち直り、自らの人生を取り戻そうと懸命に生きている姿が窺える。そうした彼女の真摯さに応えるかのように、作品の終わりではアンドリューによって壊されたと思い込んでいた娘達との親子の絆も徐々に修復し、キャンディダは穏やかな日々を送っている。人生の後半で、夫の裏切りによって新たな人生を生きることを強いられたキャンディダが、周囲の予想に反して自らの積極的な生き方で幸福を見出しているのである。

ドラブルは、運命に挑戦して懸命に生きているキャンディダの人生を描くのに、幾つかの創作技法を用いていたが、創作技法は作品展開とどのように関わっていたのだろうか。

ノックスは、「キャンディダは自己提示の目的に応じて、彼女の語り（コンピュータ上の日記）を操るのを好んでいる[20]」と述べているが、それは正しい指摘だと思われる。即ち、語りの人称に関して言えば、キャンディダが彼女の視点から詳細な情報や自身の心理的葛藤を伝えることがふさわしいと思うところでは一人称を用いて、もっと広い視点から自身と距離感を保って自身のことを語ることを好んだところでは、三人称を用いて語っている。そして、キャンディダ（若しくは、ドラブル）が一人称の語りと三人称の語りの長所や短所を上手く活用したいところでは、両者を併用している。また、第三部のエレンを装った語りに関しては、こうした技巧を試みるに至った作品展開に絡んだ様々な理由が考えられる。例えば、第三部の冒頭における不自然に思えるキャンディダの死は、第二部の終わりでのキャンディダの死を暗示する展開を引き継いだものであり、且つ、離婚後、キャンディダが熱心に読み耽る『アエネーイス』が作品の背景にあることで第六巻とのパラレルな関係を維持するために、ここではキャンディダの死が不可欠であったからである。更には、語り手をキャンディダからエレンに変更することで、別の語り手の視点から客観的にキャンディダやアンドリューに関する事柄を伝えようともしていたのである。こうした複合的理由と作者自身の作品を単純なものにしないという思惑も絡んで、第三部で作者はキャンディダの死を装い、エレンに語りを繋いでいるのである。

第三部、そして、それを否定するような第四部の存在がなければ、『七人姉妹』は凡庸な作品となるが、偽りの語り手による第三部は「小説の中に小説[21]」があるというメタフィクションの技法も取り入れて作品を複雑なものに仕上げている。そして、キャンディダ自身が自らの語りの不実に言及しているように、我々は語りへの不信感から自らの力で語りの「真実」なる部分を見抜いて、この作品を解読することが求められている。つまり、読者の想像力が必要とされているのである。

ドラブルは、処女作『夏の鳥かご』以来、その扱うテーマの広がりは感じられるものの、特に一九六〇年代においては第二波女性解放運動が活発になっていく時代思潮と相まって、女性を主人公にして日常性に立脚した比較的平易な作品を執筆する作家として名声を博した。その後、ドラブルなりに新しいジャンルの作品に挑戦したりもしているが、やはり彼女が得意とするのは、女性主人公を配した「女性の小説[22]」だと思われる。処女作から約四〇年の歳月を経て刊行された『七人姉妹』は、彼女が得意とする「女性の小説」の形態を取ってはいるものの、そこでは、若い頃のドラブルの作品や言葉からは想像ができないような創作上の技法が作品展開と関連して幾重にも交錯して用いられている。ドラブル自身の作家としての、また人間としての成長がこうした重厚感のある作品を創作することに繋がっていったのであろうが、それだけではないと思える。二十世紀末頃から、様々な面で急激に変化していっている社会で、感受性豊かな作家達は社会の変化を鋭く感じ、流動する社会の中で常にどのように生きていくか自問自答をしていると思う。芸術家である作家達には、様々な問題を抱え病んでいる社会に警鐘を鳴らすような社会的作品を執筆する者もいれば、社会や芸術界の潮流を敏感に意識して、徐々に自らの作風を変化させていく者もいる。[23]ドラブルは、かつて「私は故意に混乱させる本は嫌いです。明快であることを目ざしています」[24]と語っていたが、『七人姉妹』は彼女が平易な作品を著す作家という分類から外れたことを確実に示す作品となっているだろう。

注

本章は、拙稿「M・ドラブルの『七人姉妹』に関する一考察—キャンディダの人生と語りの技法—」(『英米文化』第三八号、二〇〇八年)に大幅に加筆修正を加えたものである。加筆修正に際して、拙稿 "The Development of Writing Techniques in M. Drabble's Works Focusing on *The Waterfall* (1969) and *The Seven Sisters* (2002)" (*New Writing: The International Journal for the Practice and Theory of Creative Writing*, Routledge/Taylor and Francis, 2014) を参考にしている。

(1) Ellen Cronan Rose, *The Novels of Margaret Drabble: Equivocal Figures* (London and Basingstoke: Macmillan, 1989) 49.

(2) Cf. Natasha Walter, "What a Difference 40 Years Makes," *The Guardian* 7 September 2002, 3 March 2007 <http://books.guardian.co.uk/review/story/0,12084,786812,00.html>.

(3) ドラブルの見解に関しては、以下参照。Bernard Bergonzi, *The Situation of the Novel* (London: Macmillan, 1970) 65. 尚、日本語訳は拙訳である。

(4) Peter Firchow, ed., *The Writer's Place: Interviews on the Literary Situation in Contemporary Britain* (Minneapolis: University of Minnesota Press, 1974) 117.

(5) Cf. Janet Christie, "Books: *The Seven Sisters*," *Scotland on Sunday* 15 September 2002, 3 March 2007 <http://scotlandonsunday.scotsman.com/review.cfm?id=1024342002>.

（6）ドラブルは、登場人物達の出身地に自らの出身地ヨークシャーを度々選んでいる。

（7）Margaret Drabble, *The Seven Sisters*（2002: Penguin Books, 2003）をテキストとし、以後、本テキストへの引用には括弧内に頁数を記す。尚、日本語訳は拙訳である。

（8）実際は、この言葉はエレンを装ったキャンディダの言葉であるが、これが発せられる第三部では、キャンディダがエレンを装っていることは読者には分からないので、ここではエレンの言葉として論じる。

（9）この引用箇所の語り手は、小説の終わり近くになってようやくエレンではなくキャンディダであることが分かるので、この分析はキャンディダのものである。しかしながら、キャンディダはエレンを装って精一杯エレンの視点から物事を捉え、語りを繋いでいるので、この分析はエレンの認識とかなり近いものがあると思われる。したがって、ここでは、母親に対するエレンの考えを表すものとして記す。

（10）アラン・マクファーレン、『再生産の歴史人類学――一三〇〇～一八四〇年英国の恋愛・結婚・家族戦略』、北本正章訳、一九九九年、勁草書房、二一〇頁参照。

（11）キャンディダの引越しに伴う娘達との一件は、アンドリューとの離婚後の出来事ではあるが、離婚直後のことでもあり、離婚以前のキャンディダと娘達との関係を表す良き例示となっているので、ここで記す。

（12）金子幸男、「〈アンケート〉この登場人物がいい」、『英語青年』、一五三巻三号、研究社、二〇〇七年六月、一四八頁参照。

（13）キャンディダの日記は、ロンドン逗留三年目から始まっており、アンドリューとの離婚から若干の歳月が流れているので、彼女の離婚におけるショックも薄らぎ、キャンディダはかつての家族について幾分客観的に捉えることができるようになっていると思われる。

（14）ドラブルは、『七人姉妹』という作品のタイトルに以下のような複合的意味を絡めている。①アイネイアスの足跡を辿るイタリア教養旅行に出掛けるキャンディダとその友人達の総勢七人を七人姉妹と総称して、それを示唆するもの。②ギリシア神話のアトラス（Atlas）がもうけた、プレアデス星団の七人姉妹を示唆するもの。③キャンディダの訃報に触れたエレンが、オランダから帰国時にスタンステッド（Stansted）空港からロンドンのリヴァプール・ストリート駅（Liverpool Street Station）へ向かう途中、彼女の乗る列車が予定外に停車する鉄道の駅名セブン・シスターズ駅（Seven Sisters Station）を示唆するもの。④ドラブルが若い頃良く歩いていた通りの名称で、キャンディダの転居先の候補ともなるロンドンに実在するセブン・シスターズ通り（Seven Sisters Road）という地名を示唆するもの。ちなみに、セブン・シスターズ駅（鉄道、地下鉄、オーバーグラウンドの三線が乗り入れている）はセブン・シスターズ通りに存在している。Cf. Marisa Knox, "The Divorce Diaries,"

The Yale Review of Books 7.2 (Spring 2004), 3 March 2007 <http://www.yalereviewofbooks.com/archive/winter03/review15.shtml.htm>.

（15）Knox.

（16）Cf. Rose 31.

（17）『ウェルギリウス／ルクレティウス（世界古典文学全集 第二一巻）』、泉井久之助訳、筑摩書房、一九七一年、一一二頁参照。

（18）Christie.

（19）Cf. Christie.

（20）Knox.

（21）Christie.

（22）Rose 49.

（23）ドラブルは、ポストモダニズムの影響で、現在、彼女の初期の作品のような単純な小説を書くことはとても難しくなっており、常に、創作において技法を意識しなければならないと感じている。Cf. Miho Nagamatsu, “Changes in Writing Methods and Point of View: A Conversation with Margaret Drabble,” *Bulletin of Kyushu Women's University* 49.1 (2012): 229.

（24）Firchow 117.

第八章　マーガレット・ドラブルとの対談

二〇一一年九月十五日、朝、大英図書館で、筆者はマーガレット・ドラブル女史に会い、主に彼女の最近の小説について話をした。対談で、ドラブルは自らの創作方法が若い頃から徐々に変化してきたことを認めた。

永松：最初の小説を一九六〇年代に書かれましたよね。その創作方法は、貴女の他の初期の小説形式に似ていると思います。最初の三小説について言えば、貴女は一人称の語りを用いていました。四番目の小説『黄金のイェルサレム』では、三人称の語りを用いていましたが、五番目の小説『滝』では、一人称と三人称の語りの変化を用いました。語りの変化を用いる何か特別な理由がおありだったのでしょうか。

ドラブル：はい、『滝』の主人公は自分の話について確信が持てない人物だったので、私は二重の語りを用いました。それで、彼女はある話を一人称で、またある話を三人称で語っています。でも、彼女は何が真実なのかについて自分と論争をしています。それで、彼女は自分自身の中で真実を議論し、それが一人称と三人称の混合となっているのです。現在、多くの作家がそれを行います。当時は、かなり珍しかったのですが、あの作品でそうした混合を初めて試してみました。

永松：でも、貴女がお若かった頃、ジェイムズ・ジョイスとかヴァージニア・ウルフのような実験小説家に好意的ではありませんでしたよね。「私は故意に混乱させる本は嫌いです。明快であることを目ざしています[1]」と仰っていました。語りの変化は、ある種の創作技法だと思いますが。

ドラブル：語りの変化は技法としてはあまり複雑でないと思います。それに、私はヴァージニア・ウルフの大いなる崇拝者だと言わなければなりません。それで、ウルフの作品をそんなに称賛していなかったということはありません。私は、一九六〇年代に流行っていた別の実験小説に反対していたのです。ある種のフランスの実験主義に反発していたのです[2]。

永松：分かりました。『滝』の後に、一九七二年に『針の眼』を刊行されましたよね。『針の眼』では、労働者階級の人物について書かれました。貴女の六〇年代の小説では、全てヒロイン達は中産階級に属していましたので、この小説は貴女が労働者階級の人に焦点を当てた最初のものです。それから、『黄金の王国』の後、一九七七年に『氷河時代』を刊行されています。『氷河時代』では、イングランドの社会状況を書かれました。六〇年代の小説では、ヒロインの人生に焦点を当てて、それらはある種の「ビルドゥングスロマン」になっていたと思います。しかしながら、七〇年代の小説から貴女の創作テーマは徐々に変化してきたように思えます。何故、テーマを変えられたのでしょうか。

ドラブル：そうですね、私は、いつも広い社会に関心を持っていましたが、私達が若い時には、広い視野で小説を書くことはとても困難です。殆どの若い作家達は、幅の狭い物語を書いていると思います。でも、年齢を重ねるにつれて、私はもっと大きな社会を探求できる自信を感じたのです。より多くの人々を知ること、異なった地域、異なった人生行路でより多くの人々を知ることは、年齢を重ねることの使命だと感じたのです。

永松：次に、最近の小説についてお尋ねしたいと思います。二〇〇〇年以降に、『ペッパード・モス』、『七人姉妹』、『赤の女王』（*The Red Queen*）、『海の女性』（*The Sea Lady*）という四つの小説を刊行されています。『ペッパード・

モス』は、四世代の物語です。この作品で、貴女は家族、歴史、遺伝について書かれています。貴女の初期の小説と比べると、これらのテーマは複雑化していると思います。私は、『七人姉妹』はとても難解な小説だと感じています。どのようにお感じでしょうか。

ドラブル：ええ……そうですね。それは、夫を失う女性についての単純な物語です。

永松：ええ、ある意味では単純な物語です。でも、内容はそんなに単純ではありませんよね。作品はコンピュータ上の日記で、貴女は一章では一人称の語りを用いました。二章では、三人称の語りを用いました。内容に焦点を置くと、二章の終わりにクライマックスがあります。しかしながら、小説はそこでは終わらずに続きます。三章と四章には僅か三〇ページか四〇ページだけを割きました。でも、これらの二章はとても凝縮されています。三章のタイトルを「エレンの見解」と名付けて、ここで異なった語り手を用いました。エレンがこの章を書いたように装っていましたが、実際は、ヒロイン、キャンディダ自身がそれを書いていました。最終章では、一人称と三人称の両方の語りを用いていました。更に、ヴァージルの『アエネーイス』第六巻がその背景に存在しています。作品の内容は、アイネイアスの下界への訪問の部分にとても似ています。『七人姉妹』を創作する際に、多くの技法を用いていますね。この小説の場合、小説の中に別の小説が組み込まれているかのように思えます。(3)

ドラブル：そうですね、貴女がそうした語りの複雑さがあることを私に思い出させてくれるまで、私は忘れてしまっていました。何故なら、実際の物語はとても単純ですので。女性が家を出て、友人達と旅行に行くというものですから。でも、物語は、つまり、その主題は、自立した人間としての彼女の自己発見だと思います。そして、彼女が異なった声と人称を用いるのは、今、一人の自分が誰なのかを見出そうとしているためなのです。勿論、全ての声は、物語として私が書いたものです。というのも、私達が日記を書く時にたくさんの疑問があるからです。日記の中で、私達は真実を語るでしょうか。嘘をつくでしょうか。何が本当の話でしょうか。或いは、日記の中ですら、私達は自分達自身を良く見せようとしたり、真実を語ることができるでしょうか。私は、できないと思います。私は、日記の中ですら、私達は自己を偽ると思います。それで、これは……実験小説なのです。初めて書き物をしている女性についての小説です。彼女は作家ではありませんが、彼女は書こうとしているのです。でも、勿論、私は作家ですので、彼女が行っていることを分かっています。

永松：作品が日記だったので、貴女が幾つかの技法を用いたのだと私は思っています。でも、創作活動の初期の頃に、「明快であることを目ざしています」[4]と貴女は仰っていました。この小説は、貴女のかつての言葉と合わないように思えるのですが。

ドラブル：私達は変化します。私達は年齢を重ねます。私達は志向を変え、語りのスタイルを変えます。世の中の見方を変えます。そして、私の初期の作品はとても単純で、直線的なものでした。それらは、ただ、一つの線を追っていました。この作品が提起する、つまり……この作品がヨーロッパ系でない読者に問題を提起するのは分かります。何故なら、殆どのヨーロッパ系の読者はトロイとアイネイアスの物語の枠組みや彼らの旅を知っていますから。その着想はイタリア人や殆どのイギリスの読者には馴染みのものです。それで、作品は読者にそうしたたぐいの背景となる知識を期待しているのです。

永松：仰るように、小説の枠組みそのものは単純です。離婚前後の中年女性の人生についてのものです。しかしながら、文体はとても複雑だと思います。多くの技法を用いていますね。

ドラブル：ええ。まさにその通りです。年を重ねると、繰り返しではなく、若い時に書いていた単純な物語を書くことはとても困難なのです。それで、それぞれの小説で私達は新しい問題を自ら見出すのだと思います。新しい問題を創造しているとも言えます。作品を扱う新しい方法を見つけ出すのです。それが、年を重ねることの自然な道、或いは、過程だと思います。人生は……人生は何層にも重なっているのです。若い時には、唯一つのまっすぐな目標があります。そして、人生ははっきりしているように思えます。あなたは、向上心と理念を持ちます。年齢を重ねるにつれて、人生には何層もの思い出と歴史が入り込みます。こうしたことを小説で扱うために、恐らく私の小説はより複雑になったのだと思います。

永松：ところで、貴女はドリス・レッシングと親しいですよね。レッシングは、『裂け目』(*The Cleft*) を刊行した二〇〇七年にノーベル文学賞を受賞しました。アイルランドの小説家アン・エンライト (Anne Enright, 1962-) をご存知だと思いますが、彼女は二〇〇七年に『集い』(*The Gathering*) を刊行しました。これら二小説は、同じ年に刊行されました。『裂け目』は彼女の以前の小説と全く異なっていると思います。レッシングは、主に女性の人生や社会的な問題について書いてきました。でも、この小説では彼女は人間の起源について書いていて、私達はそれに当惑を覚えます。『集い』も、『七人姉妹』のように複雑な小説です。読まれましたか。

ドラブル：ええ、読みました。ダブリンの家族についてのものです。一種の悲劇的家族の……たくさんの思い出、多くの過去があります。

永松：私は『集い』を読む時は、常に、『七人姉妹』のことを考えてしまいます。それらは、語りではなく、小説の中に別の小説があるように思える点で、似ています。

ドラブル：ポストモダニズムが単純な小説を壊したので、現在、単純な小説を書くことはとても難しくなっています。人々は、重層的な方法で書き始め、もとに戻ることはとても困難です。単純な物語を書くことは、今は、とても難しいことです。若かった頃は、私は語りの技法など心配せずに、ただ書いただけでした。しかしながら、今は、書き始めたばかりの若い作家ですら、若い小説家は、語りの技法の選択についてこうした困難に直面するでしょう。小説はとても世評を気にするようになりました。私達は、技法を気にし、多くの小説家、殆どの小説家は、複合的視点や複合的語りの方法を用います……それらの幾つかはとても難解ですし、また幾つかは全く退屈です。でも、今とても流行っています、そうしたたぐいの語りの層は。

永松：貴女は二〇〇二年に『七人姉妹』を刊行して、レッシングは二〇〇七年に『裂け目』を刊行しました。その年にレッシングはノーベル文学賞を受賞し、エンライトの『集い』はブッカー賞を受賞しました。これらの小説は、全て、とても複雑だと思います。小説家が小説を書く時、最近、彼らは創作技法を考えていると思います。『集い』がブッカー賞にノミネートされた時、エンライトは「私はまっすぐな小説を書きません[5]」というようなことを仰いました。彼女の言葉から判断して、『集い』は難解な小説だということが推察できます。

ドラブル：でも、彼女はまた「それは幸せな本ではありません。とても不幸なテーマについてのものです。難解で不幸なのです」と言うつもりだったと思います。そして、「私は幸せで単純な本を書けません、そういうことはできません」と言っていたのだと思います。

永松：彼女が難解な小説を書くもう一つの理由は、ジェイムズ・ジョイス、若しくは、ジョン・バンヴィル（John Banville, 1945-）が彼女に影響を与えたのだと思います。彼らはアイルランド人なので、彼女は彼らのことを意識しなければならないのでしょう。

ドラブル：ええ、ジョイスは全てのアイルランドの作家にすさまじい影響力があり、彼はバンヴィルにも影響を与えました。アイルランド文学には創作の伝統がありますが、ジョイスなしでは、その伝統は語れないでしょう。その伝統を創ったのが、ジョイスでしたから。どんなアイルランドの作家もそれに気づいています。

永松：かつて、貴女は、「私は、五〇年後に人々に読まれるような実験小説は書きたくありません[6]」と語っています。でも、最近、貴女の文体は実験小説家達のものに似ています。そのように思われませんか。

ドラブル：ええ、そうです。私は、ジェイムズ・ジョイスを称賛しています。つまり、私は彼の作品を好きではないということではありません。それは、とても危険な小説だと思います。そして、私自身の作品もより実験的になったと思います。でも……ええ、私が本当は好きではない実験主義の一派がありました。それは、フランスの一九六〇年代と一九七〇年代のものでした。しかしながら、それについてですら、僅かに気持ちが変わりました。つまり、年を重ねるにつれて、私達は物事を再読し、異なった物事を発見します。若い時に好きだったものについて、やがてもう好きではなくなり、それから新しい創作方法を発見します。そうして、私達は常に成長するのです。私達は、成長し続けるのです。年を取った時ですら、私達は変化し続けるのです。ドリス・レッシングは、非常に多くの文体を通して、リアリズムを通して、ＳＦ、自叙伝、歴史小説へと移行する作家のとても良き例です。彼女は、かなりたくさんの本を書きましたが、どれもとても異なった文体で書かれています。

永松：貴女の現在の文体や小説を書く時の現代作家達を取り巻く困難さについて、私は、今、より多くを理解できたと思います。説明して下さって、有難うございました。

ドラブル：有難うございました。

［英語原文］

The interviewer met Margaret Drabble in the morning of September 15th, 2011, at the British Library, and talked with her mainly about her recent novels. During the conversation Drabble admitted that her way of writing had gradually changed since her younger days.

Nagamatsu: You wrote your first novel in the 1960s, didn't you? I think your way of writing was similar to the style of your other early novels. As for the first three novels, you used first-person narration. In your fourth novel, *Jerusalem the Golden*, you used third-person narration but in the fifth novel, *The Waterfall*, you used first-person and third-person narrative shifting. Did you have any particular reason for using narrative shifting?

Drabble: Yes, I used double narrative because it was a person who wasn't sure about the truth of her own stories.

So she tells one story in the first person and one in the third person. But she's having an argument with herself about what is the truth. So she's discussing the truth with herself and that's a mixture of first person and third person. And lots of people do it now. It was quite unusual then. It was the first time that I had tried it.

N: But when you were young, you were against such experimental novelists as James Joyce or Virginia Woolf. You said, "I *hate* books which are deliberately confusing. I aim to be lucid."[1] I think narrative shifting is some kind of writing technique.

D: I don't think it is very complicated as a technique. I must say I am a great admirer of Virginia Woolf. So it's not that I don't admire her work so much, I was reacting against a different kind of experiment that was going around in the1960s. I reacted against a kind of French experimentation.[2]

N: I see. After *The Waterfall*, you published *The Needle's Eye* in 1972, didn't you? In *The Needle's Eye* you wrote about a working-class person. In your 60s novels, all the heroines belonged to the middle class. This is the first time you focused on a working-class person. Then, you published *The Ice Age* in 1977 after *The Realms of Gold*. You wrote about the condition of England in this novel. In your 60s novels, you wrote about the lives of heroines only. They are some kind of *Bildungsroman*, I think. However, your writing themes seem to have gradually changed since your 70s novels. Why did you change your themes?

D: Well, I was always interested in the wider society. When we're very young, it's very hard to write a broad novel. I think most young people write quite small narratives. But as I got older, I felt more confident to be able to explore a larger section of society. So I felt it was a mission of growing older, knowing more people, knowing more people in different parts, different walks of life.

N: Next, I would like to ask you about your recent novels. You published four novels after 2000. They are *The*

Peppered Moth, *The Seven Sisters*, *The Red Queen* and *The Sea Lady*. *The Peppered Moth* is a story of four generations. You wrote about family, history and heredity. Compared to your earlier novels, these themes are more complicated. I feel that *The Seven Sisters* is such an intricate novel. What do you think?

D: Well, it's . . . yes. It's a simple story about a woman who loses her husband.

N: Yes, it's a simple story from one point of view. But its content is not so simple. It is a computer journal and in the first chapter you used first-person narration. In the second chapter you used third-person narration. If we focus on the content, there is a climax at the end of the second chapter. But the novel doesn't end there and continues. You spared only about thirty or forty pages for the third and fourth chapters. But these two chapters are so condensed. You named the title of the third chapter "Ellen's Version" and you used a different narrator here. Ellen pretended to have written this chapter, but actually the heroine, Candida herself, wrote it. In the final chapter you used both first-person and third-person narration. What's more, Virgil's *Aeneid*, book VI, is present in the background. Its content is very similar to that of his version of Aeneas' visit to the Underworld. You used a lot of techniques when writing it. It seems as if another novel within the novel exists in this case. [3]

D: Well, I'd forgotten till you reminded me that it has got such a narrative complexity because the actual story is quite simple: the woman leaves her house and goes on a journey with her friends. But I suppose the narrative, the subject, is her discovery of herself as an independent person. And her using different voices is due to trying to find out who she is now that she is alone. And of course all the voices are written by me as a narrative for there are a lot of questions when we write a diary. Do we tell the truth in a diary? Do we lie in a diary? And what is the true story? Or even in a diary, are we trying to make ourselves look good or are we able to tell the truth? I think we can't. And I think even in a diary, we deceive ourselves. So this was . . . it's an experimental novel. It's about a woman writing for the first time. She's not a writer. She is trying to write. But of course, I am a writer. I know what she is doing.

N: I suppose because it was a diary, you used several techniques. But in your earlier days you said, "I aim to be lucid."[4] This novel doesn't seem to accord with your former words.

D: We change. We grow older. We change our ambitions and we change our narrative styles. We change our ways of looking at the world. And my early books were very simple, linear. They just followed one line. This, I think, presents . . . I see this presents problems to non-European readers because most European readers know the framework of the story of Troy and Aeneas and that journey they go on, and the idea is familiar to the Italians of course and most English readers. So it is expecting from the readers that kind of background knowledge.

N: As you say, the framework of the novel itself is simple. It is about a middle-aged woman's life before and after getting divorced. But the way of writing is so complicated, I suppose. You used a lot of techniques.

D: Yes. That's very true. It's very difficult, when you are old, to write the simple narrative which you used to write when you were young without repeating yourself. So I suppose with each novel you find new problems for yourself. You create new problems. You find a new way of treating material. I think it's just a natural way or process of growing older. Life becomes more . . . life is many-layered. When you're young, you have just one straight aim. And life seems clear. You have an ambition and an idea. And as you get older, life has many layers of memory and history and I think perhaps my novels have become more difficult because there are so many layers of memories to do with this.

N: By the way, you are on good terms with Doris Lessing, aren't you? She got the Nobel Prize in 2007, in the year she published *The Cleft*. I suppose you know the Irish novelist, Anne Enright. She published *The Gathering* in 2007.

These two novels were published in the same year. I think *The Cleft* is totally different from her former novels. She has mainly written about women's lives and social matters. But in this novel she wrote about the beginning of human beings and we are bemused by it. *The Gathering* is also an intricate novel like *The Seven Sisters*. Have you read it?

D: Yeah, I did. It's about a family in Dublin. Sort of tragic family of . . . and there's a lot of memory, lots of going back . . . back in time.

N: Whenever I read *The Gathering*, I always think of *The Seven Sisters*. They are similar, not in the narration. Both seem to have another novel within the novel.

D: It is very difficult now to write a simple novel because post-modernism destroyed the simple novel. People started to write in a layered way and it's very hard to go back. It is very hard now to write a simple narrative. When I was young, I didn't worry about narrative techniques, I just wrote. But now even a young writer starting now, a young literary writer, will be confronted with all these difficulties about choices of narrative techniques. The literary novel has become quite self-conscious. We worry about technique and a lot of novelists, most novelists, use multiple viewpoints, multiple narrative systems . . . some of which I find very difficult, some of which I find quite boring. But it's very fashionable now, that kind of narrative layer.

N: You published *The Seven Sisters* in 2002 and Lessing published *The Cleft* in 2007. In that year she won the Nobel Prize and Enright's *The Gathering* got a Booker Prize. I think all of these novels are so intricate. When novelists write novels, I suppose these days they are thinking of writing techniques. When *The Gathering* was nominated for the Booker Prize, Enright said something like "I don't write straight novels."[5] Judging from her words, I can assume it is a difficult novel.

D: But I think she also meant to say, "It's not a happy book. It's about a very unhappy subject matter. It's difficult and it's unhappy." And I think she was saying, "I can't write a happy simple book, I can't do that."

N: I suppose another reason she writes difficult novels is that James Joyce or John Banville has influenced her. They are Irish so she has to be conscious of them.

D: Well, Joyce had an enormous influence on all Irish writers and he influenced Banville. There's a whole tradition of Irish literary writing but without Joyce, it wouldn't exist. It was Joyce who created that tradition. Any Irish writer is aware of that.

N: Once you said, "I don't want to write an experimental novel to be read by people in fifty years."[6] But these days your writing style is similar to that of experimentalists. Don't you think so?

D: Yes, yes. I admire James Joyce. I mean, it's not that I don't like his work. I think it's quite a dangerous novel. And I suppose my own work has become more experimental. But . . . yes, there was one branch of experimentalism that I really didn't like, which was the French 1960s and 1970s. But even about that I've slightly changed my mind. I mean, as we grow older, we re-read things, discover different things. You decide something you liked when you were young, you don't like any more, and then discover a new way of writing. So we develop all the time. We go on and on. Even when we're old, we go on changing. And Doris Lessing is a very good example of somebody who moves through many, many styles, through realism, to science fiction, autobiography, historical fiction. She has written dozens of books. They're in very different styles.

N: I think I now understand a lot more about your present writing style and present writers' difficulties in writing novels. Thank you for explaining it to me.

D: Thank you.

注

本章は、拙稿 "Many Layers of Modern Novels–A Conversation with Margaret Drabble–"（『Web英語青年』、一五八巻三号、研究社、二〇一二年六月、三三—四一頁）を一部改訂したものである。

（1）Peter Firchow, ed., *The Writer's Place: Interviews on the Literary Situation in Contemporary Britain* (Minneapolis: University of Minnesota Press, 1974) 117.

（2）本対談では、ドラブルは自分が反発していたのは、一九六〇年代に流行していたフランスの実験小説であると述べているが、ドラブルが処女作『夏の鳥かご』を刊行したのは、一九六三年である。そして、『偉大なる伝統』の著者リーヴィスへの全幅の信頼や実験小説への否定的見解をドラブルがBBCでのインタビューで語ったのは、一九六七年である。そうした年代的事実やドラブルが大学で英文学を専攻していたこと、初期の作品ではイギリス伝統小説を意識した手法で創作を行っていることなどを鑑みると、彼女が否定的見解を持っていたのは、やはり一九二〇年代に流行した英文学上の実験小説だったと思われる。ドラブル自身の作風が変化するに従って、一九二〇年代の実験小説に対する思いは、彼女が後述しているように変化していっているし、勿論、当時、フランスの実験小説に対する反発も彼女の中には存在していたとは思われる。また、ウルフは女性学的なエッセイ『自分だけの部屋』（*A Room of One's Own*, 1929）を執筆しているので、そういう点では、ドラブルには彼女に惹かれるものがあったと思われる。

（3）Cf. Janet Christie, "Books: *The Seven Sisters*," *Scotland on Sunday* 15 September 2002, 3 March 2007 <http://scotlandonsunday.scotsman.com/review.cfm?id=1024342002>.

（4）Firchow 117.

（5）Cf. "Anne Enright: 'I Bring All of Myself to a Book,'" *The Man Booker Prizes*, 8 July 2011 <http://www.themanbookerprize.com/perspective/articles/99>.

（6）Bernard Bergonzi, *The Situation of the Novel* (London: Macmillam, 1970) 65.

終章　先行研究と現在のドラブル文学

一九三九年生まれのドラブルは、母キャサリン、姉アントニア同様、ケンブリッジ大学で英文学を学んでいる。女性の大学進学に関心が薄い家庭に育った母親と異なって、高等教育を受けた両親のもとに誕生したドラブルは、大学進学に際して辛酸をなめた母親の苦労は経験せずに済んだのではないかと思われる。しかしながら、本書の序章、及び、第二章で一九六〇年代に欧米の大学が如何に女子学生に対して不平等な扱いを行ったかについて論述したように、一九六〇年前後に大学生活を送ったドラブルにとっても、大学は快適な場所ではなかったと思う。ドラブルはケンブリッジ大学ニューナム・カレッジでの卒業試験で二部門で首席という輝かしい成績を収めるほど有能であった。(1) しかしながら、高等教育を受けた女性達を取り巻く当時の社会的環境を考慮してか、ドラブルは作家として、また英文学研究者として有名になり、後年、大学で教鞭を取ることはあったものの、大学卒業後は『夏の鳥かご』のセアラ同様、大学院進学を試みて学者の道を目指すということはなかった。進学する代わりに、ロイヤル・シェイクスピア劇団に所属するクライブ・スウィフト（Clive Swift, 1936-）と大学卒業後すぐに結婚をしている。ドラブル自身が述べているように、彼女が人生の早い段階での結婚を選択したのは母親との確執があり、当時の社会が家を出る理由として是認する結婚をその手段としたからかもしれない。(2) だが、結婚後は主婦として家庭に収まるだけではなく、女優としてロイヤル・シェイクスピア劇団で演じたり、主婦業の傍ら執筆活動に勤しんだりしている。結局、後者が生涯の職業となり、ドラブルは三人の子供を抱えながらも、結婚間もない一九六〇年代に自らの出身である中産階級を舞台に、自分と接点がある知識人女性をヒロインにして、五本の作品を刊行している。人生経験が浅い普通の主婦であったドラブルが、子供が寝静まった夜などを利用して執筆活動を行っていたわけであるので、そのテーマが自ずと身近なものであったり、作品が大学時代に教えを受けたリーヴィスの影響を示す、倫理意識を重視したイギリス伝統小説の流れを継ぐものであったのは当然のことと思える。(3)

イングランド北部の出身で、姉妹揃って作家であるという共通項もあって、デビュー当時のドラブルは、アントニアと共に現代のブロンテ姉妹（The Brontë Sisters, ヨークシャー出身）と評されている。後に生きる者の宿命として、それ以前の作家達との類似性からそうした呼称が与えられるのは、致し方ないことでもある。ただ、ドラブルとブロンテ姉妹との共通項はこうした地域的、家庭環境的なものにすぎなかった。(4)

イギリスは、女流作家が多い国である。川本静子は、イギリスにおいて女流作家が台頭する理由として産業革命の発祥を挙げている。工業化のおかげで市民生活が潤い識字率が増加し、男性中心の社会で女性もその文化的発展に寄与できる余裕ができたというわけである。(5) イギリス小説を確立したのは、S・リチャードソン（Samuel Richardson, 1689-1761）の『パメラ』(*Pamela*, 1740) だと言われている。しかしながら、『パメラ』は書簡体小説で、通常の小説の体裁とは異なっている。我々は、日常生活という平凡な状況の中に人物を設定して、それらの人物達が織りなす人生模様を客観的な全知の語り手の目を通して冷静に描いたものや、時には、作中人物達の心の中に立ち入ってまでそれを描いたものが通常の小説の形だと捉えている。(6) 我々が通常の小説の形だと思っていることうした小説の形態を確立したのは、オースティンである。オースティンは、小説の題材として「田舎の村の三、四軒の家族があれば作品を作るにはそれで十分です」[7]と述べている。オースティンのこの言葉から、彼女が扱う世界はかなり狭く、日々接する世界、即ち、日常性に依ったものであることが分かる。ドラブルの初期の小説は先の通常の小説の定義にまさに当てはまっており、また、オースティン同様の日常性に則った狭いテーマの選び方が、ドラブルがオースティンとの類縁性を指摘される理由であろう。こうして、ドラブルは近代イギリス小説の礎を作ったと言われる女流作家の作風を受け継ぎ、イギリス小説の伝統を担う作家だと自他共に認め、初期の作品ではこの流れを継いでいくのである。

本書では、イギリス小説の伝統を受け継ぎリアリズム小説を描いてきたドラブルの初期の作品、そして、作家としての成長、或いは、作風の変化を表していると思われる作品をそれぞれのテーマに沿って分析し、創作活動初期の頃の彼女の作風が近年の作品になるとどのように変化しているのかを考察し、ドラブル文学の変遷を段階的に探ってきた。

一九六三年にドラブルは処女作『夏の鳥かご』を上梓したが、一九六〇年代後半から一九七〇年代前半にかけて、特に、欧米社会においては第二波女性解放運動が活発化した。そうした社会情勢を受けて、一九六五年に刊行された第三作目の『碾臼』は未婚の母親を描いた作品として当時の社会に受け入れられ、無名だったドラブルは作家として一躍有名になる。作家として歩き始めたばかりの若きドラブルが、そうした社会情勢を意識して『碾臼』を創作したかどうかは分からない[8]。しかしながら、『碾臼』は当時の社会が焦点を当てた未婚の母親の人生を描いた作品というよりも、一九六〇年代に刊行された彼女の他の四作にも共通するように、倫理意識を基底としたイギリス風俗小説の伝統に則って、若き女性主人公が如何に社会の荒波の中で自らの人生を構築していくかという一種の「ビルドゥングスロマン」としての方に重きがあるのだと思う。

ケンブリッジ大学でリーヴィス全盛期に彼の指導を受けたドラブルは、「偉大なる伝統は、私が小説家として信じていることです。つまり、リーヴィスの関心事は、私の関心事なのです」[9]と言い、全幅の信頼を恩師に置いていた。ドラブルは十九世紀イギリス小説の伝統を受け継いだリアリズム小説を得意として、自分と同じような世界で生きる知識人女性達に焦点を当て、人生の様々な岐路での彼女達の精神的葛藤や生きざまなどをイングランドの社会情勢を織り込みながら初期の作品では主に描いてきた。『碾臼』が大ヒットしたこともあり、日本では風俗小説の伝統を継承した作家としてのドラブルのイメージが広く普及し、多くの日本の研究者達もそうしたイメージでドラブルを捉えている。具体例をあげれば、一九六〇年代の彼女の作品上梓からそれ程の歳月を経ていない一九七〇年代に、当時、日本の現代イギリス小説研究の第一人者と見なされていた小野寺健や川本は、ドラブルが前衛小説とは一線を画した伝統派であるとする論文をそれぞれ書いている。小野寺は、その中で次のように述べている。

彼女［ドラブル］のテーマがジョイスを典型とする文学の系譜に一応の終止符を打ち、ふたたび社会性の回復を色濃く打ち出した戦後の英国小説の方向に加担していることは明らかであろう。
英国の作家たちは、目下のところ新しい社会の中の人間を、伝統的な手法で把握することに夢中になっているように思われる。

ヴィクトリア朝小説の、社会にあるものとしての人間をとらえようとする方法が息を吹きかえし、英国小説の伝統がふたたび前面に登場してきたのである。[10]

川本は、以下のように述べている。

主人公の現実認識を主題とした彼女［ドラブル］の作品世界に、あのジェイン・オースティンの世界との紛うことなき血縁性―すなわち、イギリス小説正統派への回帰―が見られる（後略）

彼女［ドラブル］のなしたことは、（中略）オースティン的世界との妥協としか見えぬかも知れない。（中略）ジェイン・オースティンの伝統は、どうやら再び新しい継承者を、マーガレット・ドラブルにおいて得たようである。[11]

更に、小野寺は一九八〇年代初頭においても次のように語っている。

ドラブルはあきらかにオースティンやジョージ・エリオットの素質と伝統をうけついでいる。そしてさらにつけくわえるべきものは Henry James の影響であろう。（中略）ひたすら英国小説の伝統に学ぶドラブルに、私は典型的な英国作家を見ずにいられない。[12]

両者は当時イギリス小説の主流であった伝統派にドラブルが属することに言及すると共に、彼女がその継承者となり実験小説とは距離を置いていることを明らかにしている。ドラブル自身が自らが伝統派であることを様々なインタビューに応えて公言しており、一九六〇年代の彼女の作品に触れるとこうした作風が窺えるので、一九七〇年代に日本の英文学会を代表する二人の研究者がこのような見解を表すのは尤もなことだと思われる。しかしながら、後に触れるが、一九八〇年代初頭に小野寺がドラブルの伝統の継承を語った約五か月後には、須賀有加子がドラブル文学に作風の変化の可能性があることを公にしている。須賀がそうしたことを感じる以前から、ドラブル自身は作風の変化を考えていたはずである。一九七〇年代、一九八〇年代初頭においては、ドラブル文学はこのようにイギリス伝統小説と絡めて論じられるか、母性、キャリア、結婚、女性の自立などをドラブルがしばしば小説のテーマとして選んでいたので、フェミニズム的観点から論じられるかのいずれかが中心であった。作家としてのキャリアを積んでそのテーマが広範囲になったことが徐々に認められるようになった後年においても、ドラブルは主人公の年齢は高くなってはいるものの女性の人生や生きざまなどを描くことがよくあるので、現在も彼女の作品はフェミニズム的観点から論じられることが多々ある。実際、風間末起子は二〇一一年という近年に刊行した著書で、ドラブル文学のフェミニズム的要素に焦点を置いて作品分析を行っている。

日本の大学では、一九九〇年代後半頃から文学部解体という現象が至るところで起こり、それと同時に文学離れが加速化した。加えて、文学研究は一九九〇年代前半頃から批評理論による作品分析が主流となった。現在、批評理論に合わせるような作品分析のあり方よりも作品そのものに戻ろうという動きから、一時期のように批評理論に基づく作品分析は活発ではないものの、廃れてしまってはいない。こうした日本の文学界の潮流もあって、フェミニズム的見解を除いては、現在もドラブル文学に関する見解は一九七〇年代、一九八〇年代の小野寺や川本の捉え方がそのまま引き継がれるという状況が一面では続いているか、若しくは、新しい研究に着手する者が現れていないためそのまま置き去りにされているかだと思われる。彼らと同時期に、第五作目の『滝』がそれまでの作品とは文体において趣を異にしているため、田原節子が『滝』はドラブル文学の「技法上の一つの節目になっている[13]」と述べてはいるが、彼女もそれ以上深く関心を持ってドラブルの創作技法のことにその論考で踏み込んではいない。依岡道子も『滝』の文体に注目してはいるものの、彼女の分析は語法的な観点からのものである[14]。前述した須賀は、一九八一年に「近い将来、子供たちが家庭から巣立ち、いま抱えている大仕事（文学辞典の改訂）が終れば、全く別の世界を描く可能性がある[15]」というドラブルの言葉を紹介している。「全く別の世界」が何を意味するのかこの段階では分からないが、川本は自らが所属する津田塾会招聘による一九九〇年のドラブル来日の様子とその講演内容を『英語青年』で公表し、日本での講演でドラブルが「近年作における Post-Modernism への傾きを正直に披瀝した[16]」と述べている。川本によると、英文学研究者としてドラブルが携わった

The Oxford Companion to English Literature（Fifth Edition）の編集作業が彼女に現代英文学への批評的アプローチに開眼させ、ポストモダニズムへの歩み寄りに大きく寄与したとのことである。小西もその著で、ドラブルがポストモダニズムに関心を持っていることを示唆している。[17] 須賀にドラブルが吐露した「全く別の世界」というものが、ここに来て繋がりを見せている。しかしながら、若干、時間的齟齬があるが、田原は一九八五年に『中間地帯』論考の締めくくりとして、小説の役割は新しい領域を開拓することだと言うドラブルに触れて、エリオットの『ミドルマーチ』（*Middlemarch*, 1871-1872）的重層感のある小説に取り組み、「『技法の先端を行く実験的な小説ではなく、人々に読まれる、伝統をふまえた』作風でドラブルは作品を重ねていくにちがいない[18]」と述べている。田原は、少しずつ囁かれ始めていたドラブルの作風の変化を、それを感じ取る重要な作品となる『中間地帯』を通しても気づいていなかったようである。川本は、同じ『中間地帯』に関して、ドラブルのポストモダニズムへの傾倒がこの作品ですでに明らかであると指摘している。[19]

以上のように、日本の現代イギリス小説研究者の中には、ドラブルの作風の変化を感じ始めている者も存在していた。しかしながら、彼女の初期の作品から近年作に至る視点や作風の変化に着目しての系統的な研究はそれ程為されていなかったのが現状である。ドラブルというかつて熱烈な伝統主義者であった作家のきわめて実験小説に近い作風への変化を探る研究は、第二次世界大戦後のイギリス文学の動向の軌跡を探査することに繋がる研究でもある。

次に、海外の研究者達にドラブル文学がどのように捉えられているのかを検証してみる。ドラブルの作品を初期の作品から中心的に研究しているのは、ストーベル、マイヤー、ロウズ、ロックスマンらである。彼女達の著書は、ドラブル文学への入門書的意味合いのものが多く、それぞれの作品論を掲載したり、マイヤーは「成功と失敗」、「行動における良心」、「教養ある女性」などのテーマで横断的にドラブル文学を分析してはいるものの、殆どの彼女達の著書はドラブルの中期頃までの作品を対象とし、フェミニズム的分析が多くを占めている。そうした中で、クヌッセンは、『象牙の門』（*The Gates of Ivory*, 1991）に関してドラブルの作風の変化を捉える論文を書いている。[20] また、ドラブルの創作技法に着目した研究者は、P・S・ブロンバーグ（Pamela S. Bromberg）である。

ブロンバーグは、ドラブルの初期の四作は十九世紀の、一人称語りの形式を用いており、第五作目の『滝』、第六作目の『針の眼』でドラブルは語りの実験過程に着手し、一九七〇年代半ばから一九八〇年代にかけての『黄金の王国』（*The Realms of Gold*, 1975）、『氷河時代』（*The Ice Age*, 1977）、『中間地帯』で誕生、世代、死といった人生の自然な要素に焦点を置くようになってきたと述べている。また、『滝』と『針の眼』で、ドラブルは積極的に視点や語りの構造を実験したり、フィクションの真実性や人生とフィクションとの関係、作品と読者との関係についての直接的問いを為すために伝統から離れると述べている。[21] 即ち、『滝』と『針の眼』が彼女の作風の変化を示す作品になっているとの指摘である。本書で、筆者はドラブルのそれぞれの時期の作品をドラブル自身が焦点を置いていると思えるテーマに基づいて分析してきたが、ブロンバーグの指摘は筆者自身がドラブルの緩やかな作風の変化、テーマの変化を示すものと捉えて『滝』と『針の眼』の作品分析にあたったことを支える見解である。但し、ブロンバーグの見解とは異なって、筆者の見解は確かにこの二作はそれ以前のドラブルの作品とは趣を異にしてはいるが、これらの作品においてイギリス小説の伝統から完全に彼女が離れるには至っていない、というものである。この段階では、ドラブルは作家として歩き始めてまだ一〇年程とキャリアも浅く、恩師に全幅の信頼を置き、前衛小説とは距離を保とうとしていた彼女は、新しい文体、テーマを模索してはいたもののその動きはまだまだ緩慢であったと思われる。そして、*The Oxford Companion to English Literature*（Fifth Edition）は一九八五年刊行であり、その編集作業が新しい領域にドラブルを開眼させることにも繋がったわけなので、時間的にまだこの段階では「偉大なる伝統」への思いは彼女に残っていたと思われる。また、一九八〇年刊行の『中間地帯』では女性主人公の年齢は高くなり、中産階級を扱うことを得意としていたドラブルが汚物処理業者の娘を主人公として登場させてはいるものの、数多くの人物を登場させることで、作品を捉えにくく、混乱したものとしている。この作品でも、ドラブルは新しい文体やテーマを模索し、自らの作品の広がりを求めていたものの、様々な試みを行うことによって、作品の混乱を招いており、『中間地帯』は技法的にはまだ過渡的な作品だと思われる。では、ドラブル自身が筆者との対談で、自らの作品が実験小説にきわめて近くなったと認めるその作風の変化には何が関係しているのだろうか。

前述したように、ドラブルは *The Oxford Companion to English Literature* (Fifth Edition) の編集作業で二十世紀の主要な批評理論や運動の定義づけを担当したことが、新しい領域に開眼するきっかけだったと述べている。[22] この編集作業は、創作技法にあまりとらわれずに執筆活動を行ってきたドラブルを二十世紀の主要な批評理論に触れさせ、彼女が作品の重層性を求めて批評理論と繋がっているポストモダニズムへ傾倒する一つのきっかけになったようだ。また、筆者との対談でのドラブルの言葉も彼女の変化の理由を表している。対談で、ドラブルは成長するということ、年齢を重ねるということは、人生が何層にもなり、以前のように人生そのものが単純なものではなくなり、物の見方も異なってくることだと述べている。[23] そして、そこに、キャリアを積んだ彼女の作家としての成長も関係してくる。一人の人間としての成長と共に、以前はよく見えていなかった社会の矛盾や不平等、その当時の社会思潮を敏感に感じ取って、社会的な問題をテーマにしたり、作品の重層性を求めて多様な人物達を生み出し、プロットを複雑化するということもある。だが、こうした年齢を重ねることに伴う人間として、作家としての成長だけではなく、これもドラブル自身が述べていることだが、ドラブルが傾倒しているポストモダニズムが現代小説に与えた影響が大きく彼女の作風の変化に関係している。ポストモダニズムの影響で、現代作家達は彼女が初期の作品で描いていたような単純な作品を創作することが難しくなってきており、多くの現代作家達は創作において様々な技法を駆使せざるを得ない。その結果、現在、多くの文学作品は難解な方向に傾いており、ドラブルもそうした社会思潮を無視しての執筆活動の継続を困難と感じているので、必然的に彼女の作品も難解になり、創作技法を駆使するため、作品が実験小説にきわめて近くならざるを得ないのである。

第一章で、筆者はドラブル文学が日本でどのように受け止められているのかを論じた。第三作目の『碾臼』が、当時の欧米社会の女性達を取り巻く社会的環境と相まって大ヒットとなり、ドラブルは母性や女性の自立を描く作家として広く受け止められた。その結果、彼女の作品はフェミニズム的観点から分析されることが多くなり、そうしたドラブルのイメージは未だに続いていると思われる。日本では、彼女の作品の翻訳は初期の作品から一九七〇年代の作品までが中心で、その後、長い沈黙を経て、二〇一八年にようやく近年作『昏い水』(*The Dark Flood Rises*, 2016)が翻訳出版されたこともあって、ドラブルの大胆な作風の変化に気づかないまま今に至っている読者も多く存在していると思われる。創作活動初期のドラブルの言葉を鑑みると、ドラブルの作風や意識の変化はかなり大きなものである。[24] そこには、現代作家達を取り巻く社会思潮も大きく関わっているので、ドラブルのみならず多くの作家達はこうした思潮を悟り、今後、潮流が変化するまで、益々創作技法にこだわった作品を生み出すことになるだろう。

二十世紀後半、そして、二十一世紀前半の社会は、様々な意味で劇的に変化している。交通網の発達で世界が身近になり、グローバルな時代になった。それを示唆するかのように、イギリスで与えられる最も権威ある文学賞であるブッカー賞の近年の受賞作品は、かつてイギリスの自治領や属領だった国家出身者のものが多くを占めている。「周縁から中心に向けて書く帝国」[25] という言葉が最近しばしば使われているが、周縁から多様な作家達がその中心に移動し、多彩な文学作品を生み出している。こうした現実の存在と英文学がもはや英文学ではなく、英語文学として存在しようとしている現在、かつては、現代イギリス女流作家の中で最も熱烈な伝統主義者だと言われ[26]、実験小説をあまり好意的に受け止めていなかったドラブルを含めてイギリス人作家達は、もはやイギリスの「偉大なる伝統」を追い続けられるだけの時代ではなくなって来ているようだ。時代思潮の変化の中で、自らの作風を模索せざるを得ないイギリス人作家達を取り巻く社会的文学的環境が存在していると思われる。

注

(1) Cf. Hisayasu Hirukawa, *Margaret Drabble, The Millstone: Annotated with an Introduction by Hisayasu Hirukawa*, ed. Rikutaro Fukuda (Tokyo: Eichosha, 1980) 4.

(2) Cf. Margaret Drabble, "On Marriage," *The Threepenny Review* Fall 2001, 10 Aug. 2012 <http://www.threepennyreview.com/samples/drabble_f01.html>.

(3) リーヴィスは、「偉大なる伝統」を担う作家としてH・ジェイムズ、J・コンラッド、J・オースティン、G・エリオットを挙げている。後には、これにC・ディケンズとD・H・ロレンスを加えている。川口喬一、『イギリス小説入門』、研究社、二〇〇三年、一四四頁参照。

(4) ブロンテ姉妹は、ヴィクトリア時代の作家であるが、その作品は一つ前の時代であるロマン主義を受け継いでいる。

(5) 川本静子、「イギリス小説と女流作家たち」、『学鐙』、一九七五年第七十二巻第三号、二一—二二頁参照。

(6) 川口、五四頁参照。

(7) 川口、五五頁。

(8) 作家としてのキャリアを積み、現代作家が社会から求められているものを敏感に感じとっている後年のドラブルは、創作において、社会情勢を意識している。そして、若かった頃の彼女の創作に対する姿勢は、唯一つのものを追い求めるように単純なものだったと彼女自身が述懐している。そうした点から推測すると、若きドラブルは社会情勢に迎合するような考えを持って、『碾臼』で未婚の母の人生をたまたま選択することになるロザムンドの人生を描いたのではないのではないかと考えられる。創作に対するドラブルの考えに関しては、第八章を参照。

(9) Peter Firchow, ed., "Margaret Drabble," *The Writer's Place: Interviews on the Literary Situation in Contemporary Britain* (Minneapolis: University of Minnesota Press, 1974) 105. 尚、日本語訳は拙訳である。

（10）小野寺健、「社会性の回復―ドラブルと伝統派への傾斜―」、『文学界』、文藝春秋、一九七一年、一四八―一五〇頁。
（11）川本静子、「マーガレット・ドラブル―伝統への回帰―」、『学鐙』、一九七四年第七十一巻第一号、二四、二七頁。
（12）小野寺健、「ドラブル―その小説の特質」、『英語青年』、一二六巻一二号、研究社、一九八一年三月、六一三頁。
（13）田原節子、「マーガレット・ドラブル：『滝』における人称の移行について」、『茨城キリスト大学紀要』第一六号、一九八二年、六〇頁。
（14）依岡道子、「マーガレット・ドラブルの『滝』に於ける文体と語り」、『名古屋女子大学紀要』二五巻、一九七九年、二四三―二四九頁参照。
（15）須賀有加子、「Margaret Drabble (1939-)」、『英語青年』、一二七巻五号、研究社、一九八一年八月、三二四頁。
（16）川本静子、「現代イギリス小説と伝統―マーガレット・ドラブル来日公演―」、『英語青年』、一三六巻三号、研究社、一九九〇年六月、一二八頁。
（17）小西永倫、『ささやかな実存―マーガレット・ドラブル研究』、荒竹出版、一九九〇年（増補第一刷）、二一七―二一八頁参照。
（18）田原節子、「多様性の追求―M・ドラブル：『中間地帯』の技法について―」、『茨城キリスト大学紀要』第一九号、一九八五年、八頁。
（19）川本、「現代イギリス小説と伝統」、一二八頁参照。
（20）Cf. Karen Patrick Knutsen, "Leaving Dr. Leavis: A Farewell to the Great Tradition? Margaret Drabble's *The Gates of Ivory*," *English Studies: A Journal of English Language and Literature* 77 (1996): 579-591.
（21）Cf. Pamela S. Bromberg, "The Development of Narrative Technique in Margaret Drabble's Novels," *The Journal of Narrative Technique* 16.3 (Fall 1986): 179, 183. また、第四作目の『黄金のイェルサレム』は、恐らく、視点の広がりを求めてドラブルが初めて試みた三人称語りであるので、ブロンバーグの一人称語りという指摘は誤っている。
（22）川本、「現代イギリス小説と伝統」、一二八頁参照。
（23）Cf. Miho Nagamatsu, "Changes in Writing Methods and Points of View: A Conversation with Margaret Drabble," *Bulletin of Kyushu Women's University* 49.1 (2012):225, 227, 229.
（24）筆者がドラブル女史に初めてお目に掛かったのは、一九九六年の夏であった。その時に、筆者がかつてジョイスの作品研究を行っていたことを告げると、彼女は「かなりの研究の方向性の相違ですね」というようなことを仰った。彼女自身がリアリズム小説から実験小説の方に随分と傾いていた時に仰った言葉であるので、今考えると、この段階でも彼女自身の中にまだ「偉大なる伝統」への思いが多少なりとも残っていたのではないかとも思う。また、彼女のこの言葉から、ドラブル自身も自身の転向がかなり大きなものであることは認識しているはずである。

（25）加藤洋介、「過去一〇年間のブッカー賞」、『新世紀の英語文学—ブッカー賞総覧二〇〇一—二〇一〇』、高本孝子、池園宏、加藤洋介共編、開文社、二〇一一年、xi頁。

（26）Cf. Elaine Showalter, *A Literature of Their Own: British Women Novelists from Brontë to Lessing* (Princeton: Princeton University Press, 1977) 304.

あとがき

本書は、研究者や英語文学を専門とする大学院生、学部生を対象とするだけではなく現代イギリス小説に関心を持つ一般読者の方にも理解しやすいように、マーガレット・ドラブルの生い立ちや経歴、日本での受容なども掲載している。また、作家自身の声を原稿に起こすことで、一般読者の方にもドラブルが身近な存在となり、理解しやすい内容になっているのではないかと思っている。

二〇〇〇年以降の現代英語文学に関しては、文学を取り巻く厳しい社会情勢も関係して、研究資料が少ないなかで、本書が現代英語文学を研究する者、特に、若い研究者の研究資料となれば嬉しい限りである。

また、本書執筆に際して、日本語（漢字、平仮名、カタカナ）などの表記上の統一をできる限り行ったつもりではあるが、まだまだ不十分な点も多々あるかと思う。本書を通読することで、読者の皆様はお気づきになるかもしれない。その点に関しては、ご宥恕頂ければ幸いである。

謝辞

本書は、二〇一六年に長崎大学大学院に提出した博士学位申請論文に加筆修正を加えたものである。博士論文執筆に際して、指導の労をお取り頂いた長崎大学大学院 水産・環境科学総合研究科の戸田清教授には大変お世話になった。心よりお礼を申し上げたい。

また、本書執筆に際して、原稿が滞りぎみだったにも拘らず、辛抱強く付き合って下さった九州大学出版会の皆様、特に、何から何までお世話頂くと共に的確な助言を下さった奥野有希氏、そして、原稿に関して様々な貴重なアドバイスを下さった諸先生方に厚くお礼を申し上げる。

二〇一八年十二月

永松美保

索　引

さ行

た行

な行

は行

ま行

や行

ら・わ行

欧文

参考文献

第一次資料

マーガレット・ドラブル作品

Drabble, Margaret. *A SummerBird-Cage*. Penguin Books, 1976.

——. *The Millstone*. Penguin Books, 1978.

——. *Jerusalem the Golden*. Penguin Books, 1969.

——. *The Waterfall*. Penguin Books, 1971.

——. *The Needle's Eye*. Penguin Books, 1973.

——. *The Peppered Moth*. Penguin Books, 2001.

——. *The Seven Sisters*. Penguin Books, 2003.

マーガレット・ドラブル作品翻訳

『碾臼』、小野寺健訳、河出書房新社、1979 年。

『滝』、鈴木健三訳、晶文社、1979 年。

『針の眼』、伊藤礼訳、新潮社、1988 年。

第二次資料

欧文文献

"Anne Enright: 'I Bring All of Myself to a Book.'" *The Man Booker Prizes*. 8 July 2011 <http://www.themanbookerprize.com/perspective/articles/99>.

Barry, Peter. *Beginning Theory: An Introduction to literary and Cultural Theory, 3ed*. Manchester University Press, 2009.（＝ピーター・バリー、『文学理論講義—新しいスタンダード—』、高橋和久監訳、ミネルヴァ書房、2014 年。）

Beards, Virginia K. "Margaret Drabble: Novels of a Cautious Feminist." *Critique* 15.1 (1973): 35-47.

Bergonzi, Bernard. *The Situation of the Novel*. London: Macmillan, 1970.

Bromberg, Pamela S. "The Development of Narrative Technique in Margaret Drabble's Novels." *The Journal of Narrative Technique*, 16.3 (Fall 1986): 179-191.

Byatt, Antonia Susan. *The Game*. Vintage, 1999.

——. *Sugar & Other Stories*. Vintage, 1995.

Christie, Janet. "Books: *The Seven Sisters*." *Scotland on Sunday* 15 September 2002. 3 March 2007 <http://scotlandonsunday.scotsman.com/review.cfm?id=1024342002>.

Creighton, Joanne V. *Margaret Drabble*. London and New York: Methuen, 1985.

Drabble, Margaret. "On Marriage." *The Threepenny Review* Fall 2001. 10 Aug. 2012 <http://www.threepennyreview.com/samples/drabble_f01.html>.

Firchow, Peter, ed. *The Writer's Place: Interviews on the Literary Situation in Contemporary Britain*. Minneapolis: University of Minnesota Press, 1974.

Greene, Gayle. *Changing the Story: Feminist Fiction and the Tradition*. Bloomington and Indianapolis: Indiana University Press, 1991.
Hannay, John. *The Intertextuality of Fate: A Study of Margaret Drabble*. Columbia: University of Missouri Press, 1986.
Hardin, Nancy S. “Drabble’s *The Millstone*: A Fable for Our Times.” *Critique* 15.1 (1973): 22-33.
——. “An Interview with Margaret Drabble.” *Contemporary Literature* 14.4 (Autumn 1973): 273-295.
Harper, Michael F. “Margaret Drabble and the Resurrection of the English Novel.” *Contemporary Literature* 23.2 (Spring 1982): 145-168.
Knox, Marisa. “The Divorce Diaries.” *The Yale Review of Books* 7.2 (Spring 2004). 3 March 2007 <http://www.yalereviewofbooks.com/archive/winter03/review15.shtml.htm>.
Knutsen, Karen Patrick. “Leaving Dr. Leavis: A Farewell to the Great Tradition? Margaret Drabble’s *The Gates of Ivory.*” *English Studies: A Journal of English Language and Literature* 77 (1996): 579-591.
Koyama, Tomoko. “Margaret Drabble’s *The Peppered Moth*—English Literature, Class and the Nation.” *Horizon* 39 (2007): 61-76.
Leavis, Frank Raymond. *The Great Tradition*. London: Chatto & Windus, 1948.（＝フランク・レイモンド・リーヴィス、『偉大な伝統』、長岩寛・田中純蔵訳、英潮社、1972 年。）
Libby, Marion Vlastos. “Fate and Feminism in the Novels of Margaret Drabble.” *Contemporary Literature* 16.2 (Spring 1975): 175-192.
Macfarlane, Alan Donald James. *Marriage and Love in England: Modes of Reproduction 1300-1840*. Blackwell Publishers, 1986.（＝アラン・マクファーレン、『再生産の歴史人類学―1300 ～ 1840 年英国の恋愛・結婚・家族戦略』、北本正章訳、勁草書房、1999 年。）
Milton, Barbara. “Margaret Drabble: The Art of Fiction LXX.” *The Paris Review* 74 (1978): 41-65.
Mitchell, Juliet. *Psychoanalysis and Feminism: Freud, Reich, Laing, and Women*. New York: Pantheon Books, 1974.（＝ジュリエット・ミッチェル、『精神分析と女の解放』、上田昊訳、合同出版、1977 年。）
Moran, Mary Hurley. *Margaret Drabble: Existing within Structures*. Southern Illinois University Press, 1983.
“Mothers and Daughters.” *The Guardian* 16 Dec. 2000. 3 Aug. 2012 <http://www.guardian.co.uk/books/2000/dec/16/fiction.features>.
Murray, Giles. *All You Wanted to Know About the U.K.* Tokyo: Kodansha International Ltd., 1999.（＝ジャイルズ・マリー、『「英国」おもしろ雑学事典』、講談社インターナショナル株式会社、1999 年。）
Myer, Valerie Grosvenor. *Margaret Drabble: Puritanism and Permissiveness*. New York: Barnes & Noble Books, 1974.

——. *Margaret Drabble: A Reader's Guide*. London: Vision Press, New York: St.Martin's Press, 1991.

Nagamatsu, Miho. "Ambiguities and Narrative Shifting in Drabble's *The Waterfall*." 『キリスト教文学』第 15 号、1996 年、89-104 頁。

——. "Changes in Writing Methods and Points of View: A Conversation with Margaret Drabble." *Bulletin of Kyushu Women's University* 49.1 (2012): 221-234.

——. "The Development of Writing Techniques in M. Drabble's Works Focusing on *The Waterfall* (1969) and *The Seven Sisters* (2002)." *New Writing: The International Journal for the Practice and Theory of Creative Writing* 11.3. Routledge/Taylor and Francis, 2014. 387-395. 11 Feb. 2016 <http://dx.doi.org/10.1080/14790726.2014.904894>.

——. "Many Layers of Modern Novels-A Conversation with Margaret Drabble-." 『Web 英語青年』、158 巻 3 号、研究社、2012 年 6 月、33-41 頁 <http://www.kenkyusha.co.jp/uploads/03_webeigo/webeigo/prt/12/seinen12064.pdf>。

Orwell, George. *The Road to Wigan Pier*. Penguin Books, 1989.（＝ジョージ・オーウェル、『ウィガン波止場への道—イギリスの労働者階級と社会主義運動』、高木郁郎・土屋宏之訳、ありえす書房、1978 年。）

"*The Peppered Moth* by Margaret Drabble." *The Guardian* 19 Jan. 2001. 3 Aug. 2012 <http://www.guardian.co.uk/books/2001/jan/19/digestedread>.

"Peppered Moth: Insect." *Encyclopedia Britannica*. 15 April 2018 <https:www.britannica.com/animal/peppered-moth>.

Preussner, Dee. "Talking with Margaret Drabble." *Modern Fiction Studies* 25.4 (Winter 1979-80): 563-577.

Rose, Ellen Cronan, ed. *Critical Essays on Margaret Drabble*. Boston: G. K. Hall &Co., 1985.

——. "Feminine Endings–And Beginnings: Margaret Drabble's *The Waterfall*." *Contemporary Literature* 21.1 (Winter 1980): 81-99.

——. "Margaret Drabble: Surviving the Future." *Critique* 15.1 (1973): 5-21.

——. *The Novels of Margaret Drabble: Equivocal Figures*. London and Basingstoke: Macmillan, 1989.

Roxman, Susanna. *Guilt and Glory: Studies in Margaret Drabble's Novels 1963-80*. Stockholm: Almqvist & Wiksell International, 1984.

Rozencwajg, Iris. "Interview with Margaret Drabble." *Women's Studies* 6.3 (1979): 335-347.

Salzmann-Brunner, Brigitte. *Amanuenses to the Present: Protagonists in the Fiction of Penelope Mortimer, Margaret Drabble, and Fay Weldon*. Berne: Peter Lang, 1988.

Sadler, Lynn Veach. *Margaret Drabble: Twayne's English Authors Series*. Ed. Kinley E. Roby. Boston: Twayne Publishers, 1986.

Showalter, Elaine. *A Literature of Their Own: British Women Novelists from Brontë to Lessing*. Princeton: Princeton University Press, 1977.

Skoller, Eleanor Honing. *The In-Between of Writing: Experience and Experiment in*

Drabble, Duras, and Arendt. The University of Michigan Press, 1993.
Spitzer, Susan. “Fantasy and Femaleness in Margaret Drabble’s *The Millstone*.” *Novel: A Forum on Fiction* 11.3 (Spring 1978): 227-245.
Stovel, Nora Foster. “Margaret Drabble: *The Peppered Moth*.” *The International Fiction Review*. 19 Aug. 2012 <https://journals.lib.unb.ca/index.php/IFR/article/view/7760/8817>.
——. *Margaret Drabble: Symbolic Moralist*. Mercer Island: Starmont House, 1989.
Vries, Ad de. *Dictionary of Symblos and Imagery*. North-Holland Publishing Company, 1974.（＝アト・ド・フリース、『イメージ・シンボル事典』、山下主一郎他 10 名共訳、大修館書店、1994 年。）
Walter, Natasha. “What a Difference 40 Years Makes.” *The Guardian* 7 September 2002. 3 March 2007 <http://books.guardian.co.uk/review/story/0,12084,786812,00.html>.
Westergaard, John. *Class in Britain Since 1979: Facts, Theories and Ideologies*. 1993.（＝ジョン・ウェスターガード、『イギリス階級論―サッチャーからメージャーへ―』、渡辺雅男訳、青木書店、1993 年。）
Willis, Paul E. *Learning to Labour: How Working Class Kids Get Working Class Jobs*. Routledge, 2017.（＝ポール・ウィリス、『ハマータウンの野郎ども』、熊沢誠・山田潤訳、筑摩書房、2015 年。）
Wojcik-Andrews, Ian. *Margaret Drabble’s Female Bildungsromane: Theory, Genre, and Gender*. New York: Peter Lang, 1995.

邦文文献
鮎沢乗光、「偶然と摂理―マーガレット・ドラブルはどのようにハーディを受け継いだか―（Ⅰ）」、横浜国立大学『人文紀要（第 2 類語学・文学）』第 32 輯、1985 年、37-47 頁。

——.「偶然と摂理―マーガレット・ドラブルはどのようにハーディを受け継いだか―（Ⅱ）」、横浜国立大学『人文紀要（第 2 類語学・文学）』第 33 輯、1986 年、29-40 頁。

上田和夫・渡辺利雄・海老根宏編、『20 世紀英語文学辞典』、研究社、2005 年。

『ウェルギリウス／ルクレティウス（世界古典文学全集 21）』、泉井久之助訳、筑摩書房、1971 年。

榎本義子、『女の東と西―日英女性作家の比較研究』、南雲堂、2003 年。

岡山勇一・戸澤健次、『サッチャーの遺産―1990 年代の英国に何が起こっていたのか―』、晃洋書房、2001 年。

小野寺健、「社会性の回復―ドラブルと伝統派への傾斜―」、『文学界』、文藝春秋、1971 年、145-151 頁。

——.「ドラブル―その小説の特質」、『英語青年』、126 巻 12 号、研究社、1981 年 3 月、612-613 頁。

——.「Margaret Drabble の人生観―*The Waterfall* を中心に―」、『英語研究』、1970 年 8 月、50-52 頁。

風間末起子、『フェミニズムとヒロインの変遷―ブロンテ、ハーディ、ドラブルを中心に』、世界思想社、2011 年。

金子幸男、「〈アンケート〉この登場人物がいい」、『英語青年』、153 巻 3 号、研究社、2007 年 6 月、148 頁。

川口喬一、『イギリス小説入門』、研究社、2003 年。

川崎寿彦、『イギリス文学史入門』、研究社、2005 年。

川端康雄・大貫隆史・河野真太郎・佐藤元状・秦邦生編、『愛と戦いのイギリス文化史　1951–2010 年』、慶應義塾大学出版会、2013 年。

川本静子、「イギリス小説と女流作家たち」、『学鐙』、1975 年、第 72 巻第 3 号、20-23 頁。

——.「現代イギリス小説と伝統―マーガレット・ドラブル来日講演―」、『英語青年』、136 巻 3 号、研究社、1990 年 6 月、126-128 頁。

——.『ジェーン・オースティンと娘たち―イギリス風俗小説論』、研究社、1984 年。

——.「マーガレット・ドラブル―伝統への回帰―」、『学鐙』、1974 年、第 71 巻第 1 号、24-27 頁。

木内信敬監修、『総合研究イギリス』、実教出版、1998 年。

窪田憲子、「運命と自由意志―マーガレット・ドラブル『氷河時代』―」、『文学研究』12 号、1983 年、18-30 頁。

現代女性作家研究会・窪田憲子編、『60 年代・女が壊す（イギリス女性作家の半世紀 2)』、勁草書房、1999 年。

小泉英一、「妊娠中絶と最近の各国立法」、2014 年 9 月 15 日アクセス、<http://id.nii.ac.jp/1410/00007224/>。

小西永倫、『ささやかな実存―マーガレット・ドラブル研究』、荒竹出版、1990 年（増補第 1 刷）。

「こんな症状が危険！ 低用量ピルの静脈血栓症リスクと血栓症の具体的症状」、『サプリメントマニュアル』、2015 年 3 月 17 日アクセス、<http://supplementmanual.blog33.fc2.com/blog-entry-79.html>。

佐久間康夫・中野葉子・太田雅孝編著、『概説イギリス文化史』、ミネルヴァ書房、2003 年。

須賀有加子、『岩と渦の間―イギリス小説にみる逸脱の女性像』、南雲堂、1990 年。

——.「Margaret Drabble（1939-)」、『英語青年』、127 巻 5 号、研究社、1981 年 8 月、324 頁。

スノードン、ポール・大竹正次、『イギリスの社会―「開かれた階級社会」をめざして』、早稲田大学出版部、1997 年。

鷲見八重子・岡村直美編、『イギリス小説の女性たち』、勁草書房、1993 年。

高野フミ編、『Margaret Drabble in Tokyo―マーガレット・ドラブル東京講演―』、研究社、1991 年。

高本孝子、池園宏、加藤洋介共編、『新世紀の英語文学―ブッカー賞総覧 2001-2010』、開文社、2011 年。

田原節子、「A. S. バイアットと『母の肖像』―*Sugar* にみる語りの構造―」、『大

みか英語英文学研究』第 7 号、2003 年、39-48 頁。

——.「虚構としての母の肖像—M. Drabble, *The Peppered Moth* を読む—」、『大みか英語英文学研究』第 8 号、2004 年、43-55 頁。

——.「多様性の追求—M・ドラブル：『中間地帯』の技法について—」、『茨城キリスト教大学紀要』第 19 号、1985 年、1-9 頁。

——.「マーガレット・ドラブル：『滝』における人称の移行について」、『茨城キリスト教大学紀要』第 16 号、1982 年、59-69 頁。

独立行政法人、労働政策研究・研修機構、「男女間の賃金格差、縮小」、2016 年 3 月 2 日アクセス、<http://www.jil.go.jp/foreign/jihou/2004_2/england_02.html>。

中村敏子、『福沢諭吉　文明と社会構想』、創文社、2000 年。

永松美保、「イギリス文学における一つの家族像—M. Drabble の *The Needle's Eye* に見る家族関係—」、『キリスト教文学』第 22 号、2003 年、46-60 頁。

——.「M. ドラブルの『黄金のエルサレム』における家族関係—母娘関係から中心に見た或る家族の姿—」、『英米文化』第 37 号、2007 年、61-77 頁。

——.「M. ドラブルの『七人姉妹』に関する一考察—キャンディダの人生と語りの技法—」、『英米文化』第 38 号、2008 年、47-64 頁。

——.「M. ドラブルの『針の眼』（1972）における社会性」、『文学における《愛の位相》—想像力の磁場に—』、東京教学社、2004 年、199-212 頁。

——.「M. ドラブルの *The Peppered Moth* に関する一考察—家族の肖像と作品の重層性—」、『九州女子大学紀要』第 50 巻 1 号、2013 年、15-29 頁。

——.「*A Summer Bird-Cage* における女性達の運命—二人の姉妹を中心として—」、『九州女子大学紀要』第 35 巻 1 号、1998 年、21-32 頁。

——.「*Jerusalem the Golden* に関する一考察—Clara の生きる姿勢について—」、『九州女子大学紀要』第 33 巻 3 号、1997 年、23-33 頁。

——.「Margaret Drabble へのインタビューを終えて」、『九女英文学』27 巻、1997 年、25-28 頁。

——.「*The Millstone* 研究—Rosamund の変容を巡る一解釈—」、『九州女子大学紀要』特別号、1994 年、91-104 頁。

——.「*The Millstone* における現代の罪と罰」、『九州女子大学紀要』第 29 巻 1 号、1994 年、89-101 頁。

二十世紀英文学研究会編、『一九九〇年代のイギリス小説—ポストモダニズムとポストコロニアルリズム』、金星堂、1999 年。

日本弁護士連合会、『弁護士白書 2008 年版』、「［特集 1］ 男女共同参画と弁護士」、2014 年 5 月 5 日アクセス、<www.nichibenren.or.jp/.../ja/.../hakusyo_tokusyu2008_01.pdf>。

久守和子・窪田憲子・石井倫代編著、『たのしく読める英米女性作家』、ミネルヴァ書房、1998 年。

平井正穂・海老地俊治、『イギリス文学史』、明治書院、1981 年。

Hirukawa, Hisayasu. *Margaret Drabble, The Millstone: Annotated with an Introduction by Hisayasu Hirukawa*. Ed. Rikutaro Fukuda. Tokyo: Eichosha, 1980.

皆見昭、「*The Waterfall* の彷徨」、甲南大学『紀要』49 号、1983 年、96-111 頁。

武藤浩史・川端康雄・遠藤不比人・大田信良・木下誠編、『愛と戦いのイギリス文化史　1900–1950 年』、慶應義塾大学出版会、2007 年。

簗田憲之・橋本尚江共編著、『イギリス文化への招待』、北星堂、1998 年。

依岡道子、「マーガレット・ドラブルの『滝』に於ける文体と語り」、『名古屋女子大学紀要』25 巻、1979 年、243-249 頁。

著者略歴
永松 美保（ながまつ　みほ）
九州女子大学講師、准教授を経て、現在、九州共立大学教授。文学修士、博士（学術）。
専門領域：現代イギリス小説、イギリス文化研究。
主要業績：『新世紀の英語文学―ブッカー賞総覧 2001-2010』（共著、開文社、2011 年）、“Many Layers of Modern Novels-A Conversation with Margaret Drabble-”（『Web 英語青年』、158 巻 3 号、研究社、2012 年）、“The Development of Writing Techniques in M. Drabble's Works Focusing on *The Waterfall* (1969) and *The Seven Sisters* (2002),” *New Writing: The International Journal for the Practice and Theory of Creative Writing* 11.3. (Routledge/Taylor and Francis, 2014)。

マーガレット・ドラブル文学《ぶんがく》を読《よ》む
――リアリズム小説から実験小説へ――

2019年3月31日　初版発行

著　者　永　松　美　保
発行者　笹　栗　俊　之
発行所　一般財団法人 九州大学出版会
〒814-0001　福岡市早良区百道浜3-8-34
九州大学産学官連携イノベーションプラザ305
電話　092-833-9150
URL　https://kup.or.jp
印刷／城島印刷㈱　製本／篠原製本㈱

© Miho Nagamatsu 2019
Printed in Japan　　ISBN 978-4-7985-0245-8